Emily Dickinson

My Soul at Liberty

我的灵魂自由奔放

狄金森诗选

〔美〕艾米莉·狄金森 著

王佐良 译

中国青年出版社

作者简介

艾米莉·狄金森（Emily Dickinson，1830-1886），美国传奇女诗人，二十世纪现代诗歌的先驱之一，与惠特曼一同被奉为美国诗歌星空中的"双子星"。

艾米莉·狄金森出生于一个律师家庭，终身未婚，深居简出，在孤独的生活中默默写诗三十年，留下诗作一千七百余首，生前仅发表了七首。她的诗歌主题涉及生命、自然、爱情、真理、死亡等，诗风凝练婉约，意象清新，思想深沉，极富独创性，以独特的文风影响世界百余年。

译者简介

王佐良，1951年10月生，浙江海宁人，山东大学英语言文学专业毕业，山东师范大学译审。曾从事共产国际历史翻译和研究，在德国班贝格国际艺术家之家做访问学者期间，从事德译中国古诗词研究。已出版主要译作：《荷尔德林诗集》《狄奥提玛——荷尔德林诗选》《注视一只黑鸟的十三种方式——史蒂文斯诗选》（人民文学出版社），《诗意地栖居在大地上——写给友人》《追赶你老去的速度——写给亲人》《毫不犹豫地走问你——写给情人》（辽宁人民出版社）。

一个热爱生命的女诗人

　　1830年冬天的一个下午，在美国新英格兰一个叫阿姆赫斯特的小镇，阳光正温暖地照耀着大地，在一户富有人家的屋子里，女主人在融融的暖意中生下了她的第二个孩子。正如她所期待的那样，是一个女婴，也是她的第一个女儿，她高兴地把自己的名字"艾米莉"赐予了女儿。从此，艾米莉·狄金森这个名字将与这个女孩终身相伴，并且未来还将随着她的诗歌流传到全世界，被很多热爱她的诗歌的人们铭记在心。

　　艾米莉·狄金森从小受到严格的清教教规的管束，严厉的父亲要求全家人必须每天跟着他做祷告，这让艾米莉的心灵感到压抑。十岁时，她与妹妹一起走出家门，进入阿姆赫斯特学校，受到了知识的启蒙和科学精神的熏陶。十七岁时，她进入霍里克山女子学院学习，丰富的人文和理学课程以及多种外国语言的训练让她养成了细致地观察和深邃地思考的习惯，培养了她大胆地表达和抒情的风格，也让她对父亲严苛的教规约束产生了疑问。

1848 年，艾米莉已经是一个有成熟思想和独特个性的女青年，她离开女子学院回到家乡，开始结交朋友，与朋友和哥哥的未婚妻通信，这是她走向社会、表达自我的初步尝试。但是，她的人生却因为相识了几年的男友突然去世而发生了深刻的改变——接下来是连续数年的低沉。直到1862 年，她第一次把自己的四首诗寄给一位与自己长期保持通信联系的诗歌编辑，这位编辑的回信让她认识到，她对诗的理解、她的诗歌风格与那个时代人们的认知之间有着很大的差距，这种差距大到令她放弃了让自己的诗与公众见面的想法。从此，她潜心创作，写下一页页的诗，一些诗甚至写在书本空白的页边，还有记录杂物账目的表格的背面。她一共创作了一千八百首诗，也有人说是两千首。

她的诗是她对生活点点滴滴的感受，她的目光所及，她的思维所及，都被写入诗中。她细致入微地观察自然，体验四季的变迁，描绘生物纷繁多彩的表现，自然万物在她的诗中栩栩如生，让人仿佛身临其境。她是自然和生活的歌手及代言人，受人间万千事物和自然界一草一木、一山一水的委托，表达它们的喜悦和感恩、忧愁和苦闷，它们的沉默与喧闹、繁衍与生息。人与人、人与自然之间的关系，息息相关，须臾不可分离。

她对爱情的含而不露、难以察觉的炽烈向往，她的绵绵情思和入神的想象，也都用她的诗篇抒写。

我把自己藏在花里，

它别在你胸口，

你不知晓，你别着我，——
天使知道缘由。

我把自己藏在花里，
它隐在你花瓶，
你不知晓，你怜悯我，
几乎孤苦伶仃。

　　有谁能想象，一个渴望爱情的女子独守一屋，
听着一个足音走近，等待一扇门被轻轻推开……
那是一种怎样的期待？艾米莉的爱情诗是文学史
上不可多得的篇章，相比那些喋喋不休和夸张的
表白，那些不恰当的比附和伪善的故弄玄虚，她
的爱情诗更真诚，更热烈，也更令人难忘。
　　艾米莉·狄金森最独特的，也可以说举世罕
见的，是她对时间、生命和死亡的深刻思考和咏
叹。时间与永恒是平常的诗人很少涉及的话题，
可她却把它们作为诗歌的重要主题之一，因为她
目睹了太多的死亡——在她的那个年代，人们的

预期寿命远没有今天这么长，死亡是经常发生的。作为诗人，她对此有自己的深刻思考，既像冰雪一样冷峻，也怀有温暖的慈悲与怜悯。她有诗人的责任和良知，她把自己的热情、平静、温柔和爱，还有豁达和超然，融入诗歌，让诗行慰藉生者，平复创伤，缓解痛苦，告慰在天之灵。她写到弥留之际的陪伴、墓地的送别、墓碑前的沉思……这些情景一定是真实发生过的。那简洁的诗句表达出至高的纯净和真挚，抒发出她对生命的大爱，为人间所罕见。

有评论家认为，"她曾尝试接触社会和世界，但发现它们很遥远"。实际上，艾米莉是一个心系民众、感怀世事的人，她曾给友人写了那么多的诗和书信，这是她社会交往的一种途径，也是她为社会奉献自己的一种独特方式。很多人以为艾米莉是一个足不出户，或者只会打理祖屋门前的花园，到附近森林散散步的深宅闺秀。也许人们不知道，她过着俭朴的生活，有自己的朋友圈。她在诗中说："上帝给每只鸟一个大面包，只给我一点屑。"她还写道，"很多年来我忍饥挨饿"，可她却在树林里把一点面包屑和鸟儿分享。其实，人们并没有真正了解她、理解她。诗人热爱自然，贴近自然，任何时候都是值得赞扬的。艾米莉那些讴歌自然的诗，是诗的瑰宝，是文学的珍贵遗产。因为她对自然的热爱，人们用各种方式纪念她，把她的祖宅设为艾米莉·狄金森博物馆。今天，人们把她抒写自然的诗句写在精心制作的牌子上，放置在她生前喜欢的花园里，用一条"艾米莉·狄金森诗歌小径"延续她对自然的爱。有人说，她原本不打算发表那些诗，甚至曾经把它们投入火中。是的，她的写满诗的"活页"，其中一些确有被火燎过的痕迹，但是，她那一叠叠精心捆扎的诗稿，有的甚至已装订成册，稳妥地放置在一个木箱里，说明她是有准备的——她始终期待着有朝一日，当人们对诗的看法有所改变，他们会认识和接受她的诗，理解她作为诗人的意义，就像我们今天捧读和欣赏她的诗那样。

近千年前，当李清照写下"生当作人杰，死

亦为鬼雄"的时候，她不会想到，八百年后，在太平洋彼岸，有一位女诗人写下了"没有刑具能肢解我，我的灵魂自由奔放"。伟大的女诗人内心居然都有这样的坚定和沉着，正因为如此，她们才能面对苍穹，吟诵出那么多感天动地、千古传唱的诗歌……

王佐良

2022 年 12 月 10 日

目录

一个热爱生命的女诗人　　　01

I

生活

Life

1 [1]

从未获得胜利的人，
胜利甘之如饴。
要品尝胜利的美酒
须有苦涩经历。

今高擎旗帜紫色的
一群，没有一个
能够把胜利的定义
说得如此清澈，

当他战败，奄奄一息，
他阻塞的耳朵
被远处清晰凄厉的
凯旋鼓乐冲破！

---

[1] 作者应同乡和朋友 H.H. 请求，发表于《诗人的
假面舞会》。

2

我们既要分担黑夜，
我们也要分享早晨，
幸福的空缺要填补，
蔑视的沟壑要平整。

这儿星光，那儿星辉，
有些陷入迷津。
这儿雾气，那儿迷蒙，
接着——天朗气清！

3

灵魂，你还会焦虑吗？
濒临此死生之地，
确有成百的人失败，
数十人却获胜利。

天使都窒息的投票
迟迟不把你记入；
小鬼们在密谋策划，
把我的灵魂下注。

4

多痛快啊！多痛快啊！
我若输了，即是赤贫！
不过，贫穷如我，
就豁出去拼他一拼；
我赢了！真的吗！迟疑，
走到获胜之地！

活就活一把，死就死！
极乐一回，就屏住气！
我若真的输掉，
懂得失败也乐滋滋。
输无非是一败涂地，

没比这更糟糕!

要是赢了，——哦，海上放枪，
哦，尖塔上把钟敲响，
慢着，重复一遍!
天堂可不这样算计，
突然，仿佛惊醒梦魇，
吓得我魂不附体!

5

欢呼! 大风暴过去啦!
四个人返回了海岸;
四十个却一起沉没
被汹涌的沙滩掩埋。

摇铃，为薄弱的救援!
敲钟，为美好的心灵，——
邻居、朋友和新郎，

在沙洲浅滩上晕眩！

冬日寒风摇晃房门，
他们如何讲述海难，
孩子们问，"那四十个呢？
他们再也不回来了？"

沉默在故事中弥漫，
讲述者的眼睛湿润；
孩子们也不再提问，
只有波涛声在回应。

6

若我能阻止人心碎，
我就没有白活；
若我能让创伤平复，
让人减轻痛苦，
帮助昏厥的知更鸟

重回它的爱巢，
我就没有白活。

7

在我可及之处！
我本应够得着！
我极可能走那条路！
我悠闲地走过村子，
悠闲得如微风轻拂！
完全没想到紫罗兰
它就在下面的田边，
晚了，就在一小时前
勤快的手与它错过。

8

受伤的鹿跳得最高，

我听那个猎人说过；
这只是死亡的狂躁，
矮树丛却只有落寞。

被击碎的岩石倾泻，
被践踏的钢板反弹：
脸颊上总现深红色，
那是潮热刺痛的斑！

狂躁是痛苦的告知，
在其中它提醒手臂，
万一有人发现血迹
并惊叫"你受伤了！"

9

心起先渴求欢乐，
后因痛苦而致歉；
尔后，少量止痛剂

麻痹痛苦的熬煎；

接下来，去睡觉；
再后来，若这是
其审问官的意志，
就祈求自由的死。

10

一种宝贵、过时的愉悦
是碰到一个老古董，
身着那个世纪的长袍；
我想，那是一种殊荣，

握住他令人敬畏的手，
自己的手也感温存，
打开一两条返回通道，
时光返回他的青春。

审视他古时代的想法，
摊开他满腹的经纶，
我们互通的心灵钟爱
乃古典的诗歌经文；

学者们为何皓首穷经，
为何唇枪舌剑争执，
那时柏拉图不容置疑。
索福克勒斯[1]是个汉子；

萨福[2]却是个热情丫头，
贝亚特丽斯[3]的服饰
还让但丁膜拜叩首。
多个世纪前的史实，

---

[1] 索福克勒斯（Sophocles，约公元前 496—前 406），古希腊著名悲剧作家。

[2] 萨福（Sappho，约公元前 600 年），古希腊雷斯沃斯岛的女抒情诗人，有萨福体传世。

[3] 贝亚特丽斯（Beatrice Portinari），但丁《神曲》中的缪斯。

他如数家珍一般阐释，
仿佛人皆应当亲历，
告诉你曾经的梦皆真：
他活在梦编织之地。

他的在场是一种魅惑，
你请求他不要离去；
古卷摇摇他羊皮的头
并逗趣，如此而已。

11

犀利的目光所见，
很多癫疯其实聪慧非凡；
很多聪明则是至极疯癫。
此种看法占多数，
且十分流行。
同意，你正常健全；
反对，——你极其危险，

被拴上铁链。

12

我不奢求什么，
也不拒绝什么。
为此我奉献存在；
大商人微微一笑。

巴西？他拧动门轴，
不屑瞥我一眼：
　"女士，今天没有别的
我们可以看看？"

13

灵魂选择自己的社会，
把门关闭；

对她神圣的大部分
未予干预。

不动声色，她看马车停在
她的门前；
一动不动，一位皇帝跪在
她的足垫。

我知道她从一个宽广领地
选择了一个；
然后她把注意的阀门关闭，
石头般沉默。

14

有些东西在飞行，——
鸟雀、钟点、野蜂：
挽歌不为它们而吟。

有些东西留在原地，——
忧伤，小山，永恒：
这也不是我的必须。

有些正在死去，升天。
对天空我岂能解说？
此谜在这儿多静闲！

15

我知道一些独屋很偏僻
盗贼会去窥探，——
木栅栏，
开得低矮的窗，
诱导到
一个门廊，

那里两个人可以蹑行：
一个手持家什，

另一个窥视
屋里人是不是在睡觉。
眼光老到，
不轻易大惊小怪！

夜里看那厨房井井有条，
只有一只钟表，——
可他们能捂住那滴答声，
老鼠不会汪汪叫；
墙也不会把密告，
什么也不会。

一副眼镜却惹出动静——
一本台历清醒。
那是垫子眨了眨眼睛，
还是一颗星发神经病？
月光顺楼梯溜下，
想看看谁在那儿。

有赃物？——在哪儿？

长柄大酒杯，或汤匙，
耳环，或是钻石，
一块表，几枚古老的胸饰，
正配老奶奶，
她在那儿睡得正香。

天也吱吱嘎嘎破晓，
偷偷摸摸都快不了；
太阳照到
第三棵梧桐树，
香啼克利尔[1]正报晓，
"谁在喔里？"

一连串回声依次传开去，
冷笑着——"喔喔里？"
那对老夫妻，刚刚起床，
奇怪，日出竟会让门虚掩！

---

[1] 香啼克利尔（chanticleer），指报晓的公鸡。

16

呼啸着战斗很骁勇，
但我认识英雄
他能在内心里击溃
敌人的骑兵队。

胜利者，国民看不见，
失败者，无人关怀，
对他们垂死的眼睛，
国家未予国之爱戴。

我们把盛装的游行
托付天使行进，
队队列列，齐整轻步，
一色雪的制服。

17

当夜行将结束，

日出如此之近，
天空伸手可触，
就把头发梳理，

把酒窝弄妥帖，
我们居然担心
那消失的午夜
惊吓也仅一时。

18

亲爱的，看别人奋战，
让我们更勇敢；
看他们抛弃何物，
让我们不再胆怯；
看他们多少次做出
诚实可信的证明，
让我们受益，
仿佛王国很在意！

亲爱的，看，然后信念
高照于峰巅；
颂歌清晰的旋律
河水也不能淹没；
男人和圣女
无畏的英名，
不朽的声誉
见诸史册！

19

疼痛有空白的元素；
它一旦开始
便不能镇静，或假设
有一天消失。

它没有未来，唯当前，
它无限的王国包含

它的过去，让你提防
新的周期出现。

20

我用采珍珠的大杯，
品尝未酿过的酒；
并非所有莱茵酒坊
能酿出此种烈酒！

我为空气如痴如醉，
为露珠放浪形骸，
一夏无尽，我晕眩，
从融蓝的酒馆出来。

当店主把烂醉的蜂
清出毛地黄的门，
当蝴蝶放弃丁点花粉，
我却已喝得酩酊！

当天使们挥舞雪帽，
圣徒奔向窗口张望。
去看看那个小酒徒
她倚身斜靠着太阳！

21

他把珍贵词句吞饮，
精神变得强健；
不再认为自己赤贫，
身价一文不名。
随黑暗的时日翱翔，
羽翼般的遗留
仅一本书。心灵解放
带来何样自由！

22

我没有时间去怨恨，
因坟墓阻止我，
生命并非富足充分，
让我消解仇恨。

我也没有时间去爱；
勤奋仍是必要，
我想，爱这点小辛劳
对我已足够大。

23

它是这样一条小船，
颠簸在那海湾！
这是如此多情大海，
召它远离海岸！

这是如此贪婪波涛，
把它拍离海边：
从未设想庄严航行，
失去我的小船！

24

我的小舟沉没海上，
或遭遇大风暴，
会否驶向海妖之岛，
她会遵循航道；

由何种神秘的锚
今天把她劫持，——
这是眼睛向着海湾
派出它的信使。

25

伯沙撒[1]收到一封信，——
他仅有此一封；
伯沙撒中断了通信
但又重新开始，
从那个不朽的抄本，
人人可以获知
我们的良心，而无需
启示墙的眼镜。

26

在曲折沟回里，脑子
运转平稳真实；

---

[1] 伯沙撒（Belshazzar），新巴比伦王国的最后一位
统治者。

但只要小小转个弯，
你可能会轻易
让洪水退回到原地，
当它切开山岗
并为自己挖掉税卡，
铲平那些磨坊！

27

我默默无闻！你是谁？
你也跟我一样？
那我们是一对——别声张！
他们会撵我们，你知道。

出名有多么可怕！
多么招摇，像只青蛙，
一辈子对着妒忌的泥塘，
聒噪你的名字！

28

我带来一种酒，无人曾品尝，
递给身边那些唇，焦躁干渴，
鼓动它们喝。

因炽热而爆裂的唇，尝试着；
我把瞪大的眼睛转移开，
一小时后才回来。

双手仍紧握迟到的酒杯；
哎！我本想给唇以清凉，
但它们已冻僵，

我应该立刻设法去温暖
那些心胸，它们在土堆下，
已被岁月的冰霜叠压。

也许还有别的干渴者，
这会把他们引导给我，

假如这杯子仍会说。

于是我始终背着这杯子，
如果碰巧，我的涓滴之饮，
是朝觐者解渴的甘霖，——

如果，碰巧有人向我求诉，
"到孩子这儿，到我这儿"[1]，
此时我终于醒悟。

29

最近的梦想退隐，未成真。
　　我们追寻的天堂
　　像六月的蜜蜂
　　先于那个男生

---

[1] 参见《圣经·马太福音 19:14》，原文为："耶稣说：'让小孩子到我这里来，不要禁止他们，因为在天国的，正是这样的人。'"

　　邀请比赛；

　　向一株三叶草俯身——

下降——逃避——逗弄——展开；

　　然后向着浓密的云层

　　举起他轻盈的小舢板，

　　这个男生心神不集中，

疑惑地盯着嘲弄的天空。

　　思乡，因执着于蜂蜜，

　　啊！蜜蜂飞来，不为

酿造这稀有的品类。

30

我们玩捏面团，

玩到够格摆弄珠玑，

然后扔下面团，

醒悟自己是个傻子。

虽然形状都相似，

我们生疏的新手

从练习沙子开始

学会珍贵的技艺。

31

此习语与我的每个联想，
我看仅一个适宜；
那使我失落，——像一只手
曾用粉笔画个太阳，

给黑暗中养育的种族；——
那你自己的如何开始？
难道用胭脂红画火焰
或用深蓝画中午？

32

希望是有羽翼的东西，
栖居于灵魂，
轻吟着曲调但没有词，

且永不停息，

在微风中它最动听；
飓风中却是悲吟，
风中窘迫的小鸟儿，
曾给多少人温馨。

我在最冷的陆地听到，
也在最陌生的海域；
但即使山穷水尽，它
从未要我一屑面包。

33

你敢看一个炽热的灵魂？
　　再看一个蜷缩在后门。
红色是火焰常有的颜色；
　　但当矿石鲜亮地

耀显火焰的种种状况，
　　它颤动的物质炫示，
那不是一种色彩，而是
　　无情的火焰之光。

少有村庄夸耀它的铁匠，
　　铁砧平稳的叮叮声
是更精细的锻造的象征，
　　那种无声的苦干，

用锤子和火焰精炼
　　这些焦躁矿石，
直至预定的光泽出现
　　结束这一锻造。

34

谁从未失败，就未打算
赢得一顶桂冠；

谁从不干渴，无需酒壶
和清凉的罗望子果。

谁从不攀附疲惫的联盟——
那样一只脚会踏入
皮萨罗[1]的海岸
那紫色的领土？

多少军团被战胜？
皇帝会说明。
在革命之日举起
多少彩旗？

你背负着多少子弹？
你可有忠诚的疤痕？
天使们，在这士兵的
额头，写上"已晋升"！

---

[1] 皮萨罗 (Francisco Pizarro, 约 1475—1541), 西
班牙探险家, 秘鲁的征服者。

35

我能蹚过悲伤
它所有的深潭，——
我对此习以为常。
但快乐轻轻一推
却折断我的双脚，
我醉酒——跌倒。
不要让鹅卵石微笑，
那新酒很烈，——
这就是一切！

强大仅是痛苦，
陷于困境，经由训导，
直至重量被称出。
把香膏给巨人，
他们会萎靡，像人。
把喜马拉雅山给他们，——
他们能把它扛起！

36

听到"逃避"这个词
我的心跳就加快，
一种突出的期待，
一种欲飞的姿态。

我从未听说监狱
到处被士兵破坏，
我幼稚地把窗棂拉拽，——
唯有再次失败！

37

为每一个狂喜的瞬间，
我们都必须以剧烈、
颤抖的节奏忍受痛苦，
作为对狂喜的付出。

对每一个慈爱的时刻，
年度苛刻的丁点施舍，
苦涩地争取一分半文，
而金库是用泪水砌成。

38

走过苦难的直通关口，
殉道者们步伐稳健，
他们的脚践踏着诱惑，
他们的脸仰望苍天。

高贵的、被赦免的一群；
在四周激起一片骚动，
如在一个行星的天穹
无害的流星划过夜空。

他们的信仰是永远真诚；

他们的期盼是正义；
角度向着北方的指针
刺穿了北极的天际。

39

我想要拥有，但求适量，
比如天空，比如满足；
用我的收入足以支付，
生活和我维持平静。

既然最后的包含两者，
它满足我的祈望，
但仅以一个作为条件，
恩典却给予双方。

因此，我向此智者祈祷，——
伟大圣灵，给我一个

天空吧，不像你的那样大，
但足以把我容纳。

耶和华[1]脸上洋溢微笑；
小天使隐退；
地下的圣人溜出来看我，
还都露出酒窝。

我拼全力离开那地方，——
把祷词随手丢弃；
幽静的岁月把它捡起，
正义也闪闪发光。

那一个竟如此诚恳，
把这样的话当真，
说，"无论你想要什么，

---

[1] 耶和华（Jehovah），古代希伯来人用于神的名字，由雅威（Yahweh）演变而来。

它都会给予你。"

可是我不再单纯，我用
怀疑审视所有天空，——
作为孩子，第一次受骗，
那么人人都是骗子。

40

如此轻薄的一张胶片，
却让思想更清晰可见，——
正如湿鞋带揭示潮水，
薄雾指称亚平宁山脉。

41

灵魂对于其自身
是一位威严朋友，——
或是敌人派遣的

最折磨人的对手。

保证自己的安全，
它不怕任何背叛；
自身即是其主权，
灵魂应傲视畏惧。

42

当外科医生拿起手术刀，
他们须格外小心！
在他们精细的切口下，
罪犯在搅乱，——生命！

43

我喜欢看它辗转百里，
把个个山谷鲸吞，

然后停在水箱边豪饮；
接下来，令人称奇，

它绕过一连串的山峦，
居高临下瞥一眼
路边棚户区的小屋；
接着，劈开一座山，

宽窄容它从中驶过，
汽笛吓人的音调，
气呼呼地怨声载道；
顺坡把自己追逐，

像传道者高嗓门嘶喊；
最后，准点像一颗星，
停下——驯服且威严——
在自己的厩门前。

44

这表演非那表演，
但他们都去看。
对于我，马戏团
就像邻里街坊。
公平对待——
两个都去观赏。

45

若透过痛苦去观看，
快乐变得图画一般，——
这更公平，因为由此
不会有任何获取。

从一个特定距离看，
山坐落在琥珀中；
靠近后，琥珀色稍变，

原来竟是天空！

46

今天我内心冒出一个想法，
它过去也曾出现，
但未结束，——某种方式回溯，
我未确定是何年，

它去了何处，它为何
第二次来找我，
也不确定它是什么，
若我有口才说。

可我灵魂某处，我知道
这事我曾碰到；
它恰好提醒我——仅此——
思绪到此为止。

47

天空是一位医生吗?
他们说他能治愈;
可是人死后,医学
毫无意义。

天空是一个财政部吗?
他们谈论我们所欠;
可是那种协商
我并非参与方。

48

虽然我回家,但多么晚!
所以我到家,要做补偿。
最好是那种出神入化,
他们对我有汲汲期盼,

夜幕降临，宁静黑暗，
他们听到我不期的敲门，
必定霎时狂喜愤懑，
由多年的痛苦所酿成！

只消想想烈火怎样引燃，
久被欺骗的眼神转过来，
疑惑我将作何种辩白，
及它自身对我有何所言，
几个世纪就这样消遣！

49

一颗可怜、破碎的心，
破碎得坐下来休息，
没注意到白日已西斜，
银辉向着西方倾泻，
没看见夜幕柔曼降临，
以及星河璀璨辉映，

唯专注于未知
纬度的远景。

天使们恰巧来到此地，
瞥见这颗蒙尘的心；
把它从痛苦中轻轻
拾起，带给上帝。
在那，——给赤足穿上凉鞋；
在那，——乘微风而来集结，
牵着手，蓝色的港湾
引导这迷途的风帆。

50

我知道，我应是过于高兴，
日复一日生活的赤贫，

　　极度的卑微过于激励；
我的小圈子原本会羞愧
这个新的环境，会谴责

背后时光的庸俗琐碎。

我知道，我或被拯救过度，

救援过度；恐惧将我摄住，

　　以致我能拼出祷告词，

昨天我熟记在心里，——

那个滚烫的"萨巴契塔尼[1]"，

　　在此流畅地诵读。

我知道，人间已是过多，

天空对我却不足；

　　我本应有幸福，

没有对辩护的惧怕，——

没有受难地的棕榈树[2]；

　　所以，救主，钉十字架吧。

---

[1] 萨巴契塔尼（Sabachthani），耶稣受难时在十字架上说死亡话，意为"你为何抛弃我？"（见《圣经·马太福音 27：46》）。

[2] 没有受难地的棕榈树（the palm without the Calvary），据说耶稣在受难前一周进入耶路撒冷，民众在路上抛撒棕榈树枝欢迎他。

他们说，失败促进胜利；
古老的客西马尼园[1]的暗礁
　　喜欢远方的海岸。
这是乞丐盛宴的最佳定义；
这是干渴激活酒的生命力，——
　　信仰虚弱到无法理喻。

51

它颠簸又颠簸，——
我认识一只双桨小船，——
被重载压迫，
它旋转又旋转，
向清晨，发狂地摸索。

---

　　[1] 客西马尼园（Gethsemane），耶路撒冷城外耶稣被
出卖的园（见《圣经·马太福音 26:36－50》）。

它滑行又滑行，
像一个醉酒人蹒跚；
它的白足磕磕绊绊，
然后从视线中坠落。

啊！双桅小船，晚安
致船员们和你；
大洋的心太静，太蓝，
为你而破碎。

52

胜利来得迟，
对冻僵的嘴唇它太低，
它们痴迷冰霜，
无法品尝。
要是能尝尝该多么甜，
仅一滴！
上帝也这么锱铢必较？

对我们，他的桌子太高，
除非我们踮着脚用餐。
面包屑更宜小嘴，
樱桃适合知更鸟；
鹰的金色早餐
把它们全撕碎。
上帝对麻雀信守誓言，
有小爱者
知道何是挨饿！

53

上帝给每只鸟一个大面包，
只给我一点屑；
虽然我饿，我不敢吃，——
我微薄的奢侈
是得到它，触碰它，证明
持有一点屑的功绩，——
幸福于我，即有麻雀的待遇，

仍在渴望丰裕。

可能到处都在饥馑，
我不能充耳不闻，
我的餐桌笑意盈盈，
我的谷仓挺公平。
我不知富人有何感觉，——
一个印度商人——一位伯爵？
我自信，仅凭一点面包屑
我就君临他们。

54

我遇到的每一个人
对我都是一个验证。
它是否含有一个核？
一颗坚果的外形
显现于一棵树，
同样合乎情理；

可里面的果仁对松鼠，

对我，都是必需。

55

我的国家无须换她的长袍，

她的三件套很得体，

它在列克星敦[1]被裁剪缝纫，

首次宣告"合身"。

大英帝国不同意那些"星"；

斟酌轻蔑言辞，——

他们的态度里有某种东西

嘲笑她的枪刺。

---

　　[1] 列克星敦 (Lexington)，美国马萨诸塞州的一个镇，是美国独立战争的发源地。

56

对于笃信的绅士们，信仰
是一种精妙发明；
可在一场急诊，显微镜
却十分谨慎小心！

57

除非天空靠得如此紧贴，
仿佛挨着我门楣，
否则距离不会让我纠结；
我从未如此期待。

但刚刚听到慈爱离去，
我未曾想去探视，
双重的失去使我痛惜；
这也是我的损失。

58

对于平日所见的面孔，
肖像就像傍晚的西方，
对着一个穿缎子背心、
柔美、迟暮的夕阳。

59

我的手握持我的力量，
去向世界挑战；
它不像大卫[1]那样刚强，
可我有双倍勇敢。

我掷出石头，可我自己
却是唯一倒下者。

---

[1] 大卫（David），《圣经·撒母耳记》中的大力士，
也是大卫王。

是格利亚[1]太过于巨大，

还是我太小了？

60

约一位清凉朋友捱过炎热

倒不难，难的是

找到更高的温度之一，化解

一个寒心的时刻。

风向标略微向东偏转，

穿平布的吓丢了魂；

假如穿平绒的胸脯

比穿蝉翼纱的更丰满，

---

[1] 格利亚 (Goliath)，《圣经》中被大卫用石头击杀的腓力士人的首领。

谁该受谴责？织布工人？
啊！这意乱情迷的纱线！
天堂的各色精美织锦，
竟这样稀里糊涂织成！

61

每个生命都向某中心聚集，
或急迫或悠逸；
在每个人的本性中都存在
一个目标，

尽管它几乎不承认，可能是
太美丽
而不敢，因为信誉很容易
得而复失。

小心敬慕，似要选一个脆弱
天空，

我
的
灵
魂
自
由
奔
放

毫无指望如想要触及彩虹
霓裳，

百折不挠前往，明知旅途迢迢；
对于
圣贤慢悠悠的马车，天空何其
高邈！

或永不能及，以生命无畏的冒险，
可然后，
永恒将使这种努力得以一再
重现。

62

在我的眼睛失明之前，
我也喜欢注视，
像其他有眼睛的生物，
但不知其他方式。

可今天，假如它告诉我，
我也应有自己的
天空，我告诉你，我的心
会破裂，因我的体格。

我的草地，我的山峦，——
所有森林，无限星辰，
用我有限的眼睛所见，
相同于正午的显现。

鸟潜入水中的动作，
闪电曲折的路径，
我喜欢用眼睛凝视，——
可那会把我杀死！

为安全，仅用我的灵魂
贴在窗玻璃上，
别的生物会把眼睛贴上，
而不提防阳光。

63

对"波托西[1]"的和矿山的
乞丐说话要谨慎!
对你的美酒和佳肴的
饥渴要心怀虔诚!

小心,你给任何囚犯的
暗示,让他的脚获释!
地牢里空气的奇闻轶事
有时其实十分动听!

64

他宣扬"宽度",却证明他狭隘,——
那宽度太宽,无法定义;

---

[1] 波托西(Botosi),南美洲玻利维亚的城市,1545
年因发现银矿而建立。

有关"真相"表明，他是撒谎者，——
真相从不炫耀招牌。

简洁逃离他的假冒者，
因为黄铁矿也呈金色。
人若如此标榜，纯真的
耶稣该多么心烦意乱！

65

晚安！什么让蜡烛熄灭？
无疑，一股妒忌的微风。
　　啊，朋友，你很少了解
在天上的村镇，天使们
多久以来辛劳不懈；
　　现在，为了你，熄灭！

它可能曾是灯塔的光焰
一些黑暗中划船的水手
　　曾强烈要求看见！

它可能曾是变暗的灯
照耀营地的鼓手击打
　　清亮的起床鼓声！

66

我希望时我恐惧，
我希望我就敢于；
处处各自孤立，
仿佛一座教堂；
幽灵不能伤害，
蛇虫不能献媚；
他废黜末日审判，
它让他受尽苦难。

67

一个行动先敲击思想，
然后又敲打意志。

那是一个制造地点，
意志很自在、坚持。

行动于是把动作撤销，
或被埋葬般失声，
唯上帝的耳朵才能
听见它的厄运。

68

我的敌人越来越老，——
我终有报复的机会。
仇恨的感觉变了味；
假如有人想要报仇，——

让他快点，黄花菜已凉，
这块肉已变质腐败。
怒火中烧致人死亡；

正是饥饿使人肥胖。

69

悔恨是记忆所唤醒，
她的同伴纷至，——
逝去的一幕幕重现
在窗前和门边。

往事铺陈灵魂之前，
用一根火柴照亮，
便于仔细阅读钻研
它高密度的要件。

悔恨无法医治，——这顽症
连上帝也无助；
因为这正是他的制度，——
作为地狱的填补。

70

身体生长到了外面，——
这方式更简便，——
如果精神喜欢躲藏，
其鬓角总呈现

微微开启，安全，诱人；
从未出卖灵魂，
灵魂却要求胆怯的
诚实把它遮掩。

71

一个饥者给远处的食物
加上了过多意义；
他叹息，他为此无奈丧气，
也因此很好。

分享让人解馋，但证实，
四溢的香气
已收讫。距离才真的是
美味可口。

72

心无人如我一样沉重，
夜深人静往家走，
当它经过我的户牖，
独自哼小曲一首，——

一个无心的片段，一首民谣，
一支街头小调；
可对于我恼火的耳朵
却是镇痛的良药，

它仿佛是一只食米鸟，
一路自在逍遥，

哼唱着，沉思着，哼唱着，
悠然哼哼着远去。

它仿佛是一条潺潺小溪，
在一条曲折艰辛的小道，
滴血的双脚踏着小步舞曲，
为了什么却不知晓。

明天，早晨会重新到来，
疲惫，也许，还有酸楚。
哦，号角，在我的窗外，
我祈求你再次嘀嘀踏步！

73

我很多次设想和平已到来，
但和平还在远方；
像沉船的人相信他们看见
陆地就在海中央，

挣扎愈渐无力，却想证实，
如我般灰心绝望，
多少臆想中的海岸
横亘在港口前方。

74

令人生厌的日子无穷尽，
转向我的书多么惬意；
它让我对禁欲多有钟情，
痛苦的回忆也感温馨。

就像飨宴的扑鼻香气
催促宾客迟钝的脚步，
书香也如此把时间激励
进入我小小的书斋。

它或是一片荒凉之地，

失败者们涉足未远，
可节日从不拒绝黑夜，
清冷钟声鸣响期间。

我感谢这些书架的亲人；
他们温存和蔼的表情
使人向往未来的愿景，
而如此所得，足矣。

75

这一功绩糟糕之极，——
它不能再重现。
当命运女神嘲讽落后者
并将石头掷出最远，

受伤者会停下来喘息，
并警惕环顾四周。
鹿不会再邀请猎狗，

而是远远地躲避。

76

很多年来我忍饥挨饿；
我用餐的中午来临；
我颤抖着把餐桌拉近，
并触摸那神奇美酒。

我在很多桌上见过它，
我转身，饥肠辘辘，
孤单看着窗外，我不能
指望拥有那财富。

我不认识那硕大面包，
它与面包屑不一样，
我常在大自然的餐厅
与小鸟把它们分享。

那富足让我伤心，它太新，——
我感觉古怪和难过，
像深山里灌木的浆果
被移栽到大马路边。

我也不再饥饿；我发现，
饥饿是窗外的人
进入里面的一个途径，
进入即烟消云散。

77

我得到它啦，
经过缓慢的攀爬，
经由拽紧根根枝杈，
它们在天堂与我之间生长。
　　　它悬挂如此之高，
　　　就像要登上天空
　　　要用技巧。

我说我得到它啦，——
　　　无非就是如此。
瞧，我如何抓住它，
　　　不让它坠下，
我流落成一个乞丐；
无缘瞬间的体面，
那个乞丐满足的脸
我一小时前扮演。

78

要由痛苦去体验狂喜，
如要盲人理解太阳；
干渴至死，却在冥想
条条小溪流过草地；

忍受乡思，乡思的足迹
在异国的海岸，
被故土缠绵，此时此刻，

那心爱的蓝天——

这种痛苦，痛不欲生，
这痛彻肺腑的信号！
这些是坚韧的桂冠诗人，
他们的嗓音，徐徐下行，

在持续的颂歌中高升，
我们，呆笨的学生，
学习神秘的吟游诗人，
当然，根本听不见！

79

我离开家已很多年，
而现在，在门前，
我不敢开，怕一张脸
我从前未曾见，

茫然地紧紧盯着我，
问我在那以何营生。
我的营生，——我离别的生活，
难道仍在那里安居？

我想要厘清我的思绪，
我扫视一扇扇窗户；
那寂静却像大洋波涌，
在我耳边隆隆滚动。

我木呆呆哈哈大笑，
我居然害怕一扇门，
我面对过危险和死人，
但从没有瑟瑟发抖。

我把钥匙插进锁孔，
我的手颤抖，小心翼翼，
怕这可怖的门突然弹开，
让我空荡荡孤立。

我把我的手指撤离，
小心得像放下玻璃，
然后捂紧耳朵，像窃贼，
喘着气逃离那宅邸。

80

祈祷是一个小工具，
借助它，人们抵达
他们被存在拒绝之地。
他们把那些话语

经由它抛向上帝之耳；
若那时他听到，
组成祷词的各语句
都在这里汇集。

81

我知道他存在于
某个地方，缄默寂静。
他把他稀罕的生活
避开我们杂乱的眼睛。

这是一个瞬间的表演，
一个讨人喜欢的伏笔，
仅仅为让天之极乐
赢得她自己的惊奇！

可是这表演本应该
具有透彻的真挚，
这欢欣也应当照亮
死者僵硬的凝视，

这样寻欢作乐是否
不必过于耗费？
这样俏皮玩笑是否

不该让人不自在？

82

音乐家们处处比试身手：
整天，在拥挤的空气中，
　　　我听见银铃的争斗；
在黎明之前早早醒来——
此种狂喜在镇上爆破，
　　　我认为这是"新生活"！

它不是鸟儿，它没有巢；
不是乐队，没有铜管和猩红的着装，
　　　不是带铃的手鼓，也不是人；
它不是赞美诗在布道坛吟讴，——
最高音引领着星光之晨
　　　到时间最初的午后！

有人说这是寰宇在演奏！

有人说这是绅士和贵妇
　　已消失的善良众人！
有人认为这是礼拜，我们
以未来的、仙界的面孔，取悦
　　上帝，在何地却要查证！

83

我得救时刚刚失去知觉！
刚刚感觉世界离开！
刚刚束住我，与永恒同启航，
此时呼吸回归，
而在彼岸，
我听到绝望的潮水撤退！

因此，当有人返回，我感觉，
要讲述神秘怪异的情节！
有些水手，徘徊陌生的海岸，
有些苍白的记者，在封闭前，
从恐怖的门里出逃！

下一次，要坚持！
下一次，要看细致，
那些耳朵没有听见，
眼睛没有认真审视。

下一次，要等候，
年岁在悄悄溜走，——
慢慢踱步几个百年，
随天地日月运转。

84

对珍珠，我极少在意，
　　它们有海的宽阔；
那么对胸针，若皇帝
　　用红宝石砸我；

金子呢，那是王子的宝藏；
　　若是钻石，当我看见，

一尊穹顶一样大的王冠
　　不停地为我加冕。

85

对命运的优越感
　　很难以理解。
它并非别人施舍，
　　但可能一时

获取一点小恩小惠，
　　直到她吃惊，
精打细算的心灵
　　保持及至天堂。

86

希望是一次狡猾的饕餮；
　　他靠丰饶养活自己；

但若仔细将他审视，
　　　却是多苛严的节食！

他的餐桌是富庶，
　　　却只有一位就座，
不论消耗是多少，
　　　桌上总有同样多。

87

禁果有诱人的香气，
　　　把合法的果园嘲讽；
在责任紧锁的豆荚里，
　　　豌豆多么香甜鲜嫩！

88

天堂是我不能企及之所！

那棵树上的苹果，
假如它真的无所向往，
　　那对我，是"天堂"。

巡游的云朵色彩绮丽，
　　山丘后面的那片
禁地，还有后面的屋宇，——
　　天堂即在此地！

89

有人说，
一个词一旦说出，
　　它便死亡。
而我说，
从那一天它刚刚
　　开始生活。

90

简单的日子要珍惜，
它们引领季节更替，
但是还要牢牢铭记，
　　从你或我这里
它们会取走一点点，
　　被称为死亡率！

投身存在要平心静气，
但是还应当深刻铭记，
　　橡树的子实
是森林的卵，
　　为上天所恩赐！

91

为这么微小的事哭泣，
为这么短暂的事叹息；

可为这些细碎的交易，
　　我们男人和女人死去！

92

溺水并不值得过多可怜，
　　相比上升的抗争。
有人说，一个下沉的人
　　三次出水面对天，
然后永远地沉没，
　　去往恶心的住所，
在那里希望与他分手，——
　　因他已被上帝掌控。
造物主可亲的面容，
　　无论看起来多么善，
应该避开，我们必须承认，
　　它像是一种灾难。

93

尖塔上的钟多么安静，
　　　可当它们自比天高，
它们银铃的足就蹦跳
　　　惊雷轰鸣般的曲调！

94

假如傻子称它们为"花儿"，
　　　还需智者告知？
假如博学者将它们"分类"，
　　　那真的很合适。

那些阅读《启示录》的人，
　　　绝不应该批评
那些阅读同样版本
　　　但眼睛有阴翳的人！

我们能支持那个被迦南^[1]

　　拒绝的老摩西吗，——

像他那样审视彼岸

　　宏大壮丽的风景，——

无疑我们相信，很多

　　科学纯属多余，

博学的天使未予研究，

　　因天空之守旧!

委身轻快活泼的文字，

　　如星辰在浩渺银河，

承认我们站立的是

　　巨大的"正确之手"!

---

　[1] 迦南 (Canaan)，《圣经》里的上帝应许之地。

95

假如凡人的唇，预言
　　一个被投递的音节
未精心计算的运费，
　　它会因重量而破裂。

96

我的生命结束前已失去过两次；
　　但它还想看看
不朽是否会向我揭示
　　第三次事件，

如此巨大，如此无望去设想
　　生命的二次降临。
区别在，我们所知的是天堂，
　　所需的却是地狱。

97

我们从不知我们有多高，
　　直到我们奉召上升；
于是，假如我们真有此行，
　　我们的雕像触及天顶。

我们挂在嘴边的英雄主义
　　其实平淡无奇，
我们岂非因害怕做国王
　　甘愿忍辱屈膝。

98

我惧怕它时，它来了，
　　惧怕反而变轻，
因惧怕已如此之久
　　反倒让它有点可亲。

有契合就有沮丧，

　　　有契合就有绝望。

既然相信它必定要来，

　　　不如知道已然在此。

可怕莫过于向最佳努力，

　　　晨起一切是全新，

不如负着它一路而行，

　　　走过整个的生命。

99

没有一艘航船像一本书

　　　载我们到各大陆，

没有任何快车像一页诗，

　　　带我们激越奔驰。

最穷的人也能走这条路，

　　　而无路费的负担；

载着一个灵魂的四轮马车

却是多么的节俭！

100

谁若还未找到人间天堂，
　　就到不了天上。
上帝的居所在我隔壁，
　　爱是他的全部家当。

101

一张脸缺少爱或慈善，
满是怨恨，傲慢，刻板，
　　一张脸，石头与之相比，
也觉得自在舒展，
倘若它们从前是老相识，——
　　就把它们随手一掷。

102 [1]

我有一枚畿尼 [2] 金币；

　　它被我遗失在沙里，

虽然总数微不足道，

　　世上多得数以磅计，

但于我节俭的眼睛

　　它的价值无可比拟，

由于我不能把它寻获，

　　我只能坐着叹息。

我有一只绯红的知更鸟，

　　从早到晚不停地鸣唱，

但当树林被色彩涂装，

　　他居然也逃之夭夭。

---

[1] 作者注：——这首诗可能像很多诗一样有个人的缘由。它确实寄给了某个在欧洲旅行的朋友，对疏于写信的人，它是一个优雅的提醒。

[2] 畿尼金币（guinea golden），1663 年至 1813 年在英格兰流通的金币，值 1 英镑加 1 先令。

时间带给我别的知更鸟，——

  他们的歌谣一如以往，——

可为我失去的宫廷诗人，

  我坚持让"屋子在家[1]"。

我有一颗星在天上；

  一颗昴星是它的名字，

如果我稍稍不留意，

  它就从同名星团溜出去。

虽然天空相当拥挤，

  整夜里星光熠熠，

我倒并不十分在意，

  因为无一归我自己。

我的故事有一个寓意：

  我有一个失去的发小，——

---

[1] 屋子在家（house at hame），可能源自苏格兰民间诗人奈恩夫人（Carolina Nairne，1766—1845）的诗句"at our house at hame"，at hame是苏格兰语，译成英语at home（在家）。

昴星是它的名，还有知更鸟，
　　和沙子里的畿尼金币，——
当这支忧伤的小调，
　　相伴着汪汪的泪水，
该被那负心人的眼撞见，
　　在离此地遥远的乡间，
但愿悔改的神圣庄严
　　会摄动他的心灵，
他在明媚的阳光底下
　　没有慰藉可以寻觅。

103

男男女女欣喜若狂，
　　冲出所有牢房，——
多么可爱，仅这个下午
　　监狱才会放风。

他们搅得地黑天昏，
　　这帮极乐之众。

哎呀！等待这样一个仇人，
　　眉头能不紧蹙！

104

少即足够，——足够是唯一；
　　我们中的每一个
难道无权悄悄地属于
　　稀稀落落的群体？

105

绞架上吊着一个歹徒，
　　连地狱也怕被他玷污，
但法律赋权予他。
　　当自然的帷幕落下，
生他的人踉跄而至，
　　他是这女人的儿子。

"这是我的一切，"她哽咽；
　　唉，多么晦暗的请求！

106

我感觉心灵被清空，
　　脑袋似已分裂；
我把它缝对缝拼接，
　　怎么也对不齐。

我竭力把以后的想法
　　加入从前的思想，
可是就像一团乱麻，
　　横竖理不清头绪。

107

缄默无声的火山严守
　　他永不休眠的计划；

吐露他的计划是嘲讽
　　那些不知避险的人。

假如自然不讲述故事，
　　耶和华会对她说，
如果没有一个倾听者，
　　人类就断了香火？

被她钳制的唇舌告诫，
　　人人喋喋不休。
人保守的唯一秘密
　　是不朽。

108

如果回忆就是遗忘，
　　那我什么也不记得；
如果是遗忘，和回忆，
　　我瞬间已忘记！

如果思念就是快乐，
　　悲痛也是愉悦，
今天把这些采集一起，
　　双手多么得意！

109

我听见最遥远的雷声
　　也比天空更近，
炎热中午，隆隆声仍闻，
　　已把其抛投物置边。
闪电抢在它的前面，
　　击中的恰是我本人，
但我不想用整个余生
　　来跟雷电做交换。
氧气的清偿责任
　　化学家自会承担，
但不是偿还
　　对电的欠债。

它找到家园并装扮日子，

　　每个喧嚣的闪亮，

仅是那种突袭的光

　　相伴的辉晕。

这种想法静得像一片雪花，——

　　一次无声的崩塌；

生命的回声即是如此

　　找到了它的注释！

110

在我的小空地的缝隙

　　我设法种上花草。

后来，我的几英亩岩石

　　也收获玉米和葡萄。

贫瘠的土壤只要不懈耕作，

　　双手也会得报偿；

利比亚的烈日下，棕榈子

在沙漠发芽生长。

111

一扇门刚刚向着街开启——
　　我失魂落魄，恰好经过——
这一瞬温暖的宽度泄露，
　　还有伴侣，和财富。

那扇门突然关闭，而我，
　　我失魂落魄，恰好经过，——
双重的失落，但最强烈的对比，
　　是苦难的觉醒。

112

朋友带来快乐还是痛苦？
假如朋友慷慨且始终如故，

朋友多是好事。

假如他们越发言辞粗鲁
且举止放纵轻浮，
　　朋友多了很伤心。

113

灰烬昭示着这里生过火；
　　鉴于灰堆已呈灰白，
那个离去的生物
　　曾在这里久久徘徊。

火首先显示为光，
　　然后它增强，——
只有化学家才能揭示
　　何物发生了碳化。

114

命运扼杀他，但他不甘堕落；
　　她猛击——他屹立不倒——
她把他钉上最残忍的桩头——
　　他让这一切都失效。

她刺痛他，衰竭他执着的前行，
　　用尽最凶恶的手段，
他，坚定不移，仍尊重她，
　　她承认他是男子汉。

115

失败有限，但冒险永无止境。
　　因为这艘撑离海岸的船，
很多豪情满怀、无畏的生命
　　再也不能在船队瞌睡。

116

我测量每个遇见的悲伤，
　　用分析的眼光；
它是否像我的一样沉重，
　　或稍有点轻松。

我不知他们经受已很久，
　　或仅刚刚开始？
我说不出我的具体日子，
　　痛苦已有时日。

我不知它是否伤害生命，
　　或他们曾防止，
他们是否作出生死选择，
　　不会毋宁去死。

我不知道历经千年岁月——
　　众多早期伤害——

会否因为时间这样流逝
　　给予他们宽慰；

或他们虽经过几个世纪，
　　痛苦一如以往，
经与爱的鲜明对比，激起
　　更巨大的痛苦。

悲伤的人众多，我被告知；
　　各种原因深藏，——
死亡仅是其一，且仅一次，
　　仅仅盯住眼睛。

有渴望的悲伤，冷的悲伤，——
　　他们称为"绝望"；
从乡土风尚的视角，本地
　　眼睛排斥悲伤。

即使我的猜测并不恰如
　　其分，可我认为，

耶稣受难能够给予深入
　　人内心的安慰，

仔细观察十字架的风格，
　　它们茕茕孑立，
仍然吸引着我思忖，有些
　　很像是我自己。

117

我有一位国王不言语；
我忍受多时，心存疑虑，
　　艰难熬过白天，——
稍稍开心是入夜睡眠，
若梦中碰巧窥见密室，
　　它们白天关闭。

若我真做，当早晨到来，
那就像一百面鼓围绕

在我枕边震响，
喊叫充满我幼稚天空，
在我灵魂的高塔上，钟
　　　不断高喊"胜利！"

若我不做，果园的小鸟，
我将听不见它的鸣叫，
　　我忘记了祈祷，
"天父，你的旨意将行"[1]，
因我的意愿另择僻径，
　　但愿这是伪誓！

118

它在我凝视中下坠，
　　我听见它着地，

---

[1] 作者可能是引用了《圣经·马太福音 6:10》，
原文为："愿你的旨意行在地上，如同行在天上。"

撞击我心底的石块
　　都摔成了碎片；

谴责这碎裂的命运，
　　不如辱骂自己，
因为愉悦已把物品
　　置我银质橱柜。

119

失去人的信任超过
　　失去一个庄园，
因为庄园可以重建，
　　——而信任却不能。

与生命一同继承，
　　信任仅可一次；
消灭单单一个短语，

就将行乞终身。

120

我每天都有福，
　　我半信半疑看待它，
突然，我觉察它在骚动，——
　　我追求，它就变大，

直到有一天，在巉岩，
　　它淡出我视线，
大得超出至高境界，
　　我才知它至美至善。

121

我为麦壳劳作，收获麦粒，
　　是高傲和被骗。

既然事情合理，田野非要
　　仲裁，有何正义？

我品尝麦粒，——厌弃麦壳，
　　感谢慷慨朋友；
智慧愈益得到珍视，
　　距离胜过朝夕执手。

122

生命，和死亡，和巨人
诸如此类，默默无闻。
小器具，磨坊的料斗，
烛火旁的虫子，
　　或横笛的小名声，
据他们宣称，
皆系偶然维持。

123

我们的生命即瑞士，——
如此安宁，如此清凉，
　　突然，某个奇怪下午，
阿尔卑斯山拉开帷幕，
　　我们放眼远方。

意大利在山那一边，
　　像两者间的卫士，
庄严的阿尔卑斯山，
迷人的阿尔卑斯山，
　　永远居于中间！

124

记忆有点像一间屋，——
　　有门前有屋后；

它还有一个阁楼，

　　　堆杂物藏老鼠，

另外，最深的地下室

　　　曾用石料夯筑结实；

向它探视，幽深数噚，

　　　我们自身不足为奇。

125

我们夸张地昂起头，

　　　这之后才发现，

我们永恒的心灵

　　　不应有此情境，

如此稠密一团模糊，

　　　它作出狡诈的假设，

你在一片淡淡薄雾，

取若隐若现的态度。

126

大脑比天空更宽广，
　　把它们并排摆放，
大脑能把天空轻松
　　包容，你在其中。

大脑比海洋更深邃，
　　把它们蓝与蓝相比，
大脑像海绵，把大海
　　吸收，像吸干水桶。

大脑像上帝一样重，
　　把它们称重，磅对磅，
它们会不同，若这样，
　　如音与声不同。

127

骨头若没有骨髓；
　　最终是何结果？
它不能端上餐桌，
　　不宜乞丐或猫。

一根骨头有其义务，
　　一个人与之相同；
一个无骨髓的装配，
　　比耻辱更可悲。

成熟的生命如何获得
　　有生气的功能？——
老尼哥德慕[1]的幻影
　　再次面对我们！

---

　[1]尼哥德慕(Nicodemus)，《圣经》人物，曾问耶稣："人
已经老了，如何能重生呢？"（《圣经·约翰福音3:4》）

128

过去是如此惊人的生物,
  端详她的面孔,
奖励我们的也许是激动,
  也可能是羞辱。

若有人毫无防备遇见她,
  我责令他,逃!
但她生满锈斑的弹药
  可能会回答!

129

为有助我们羸弱的肌体
  给予了健身的空闲,
如果它们不适于人间,
  就默默为天堂操练。

130

这些贵妇是多么温柔，
　　天使一般的人！
有人不禁要突袭长毛绒
　　或冒犯一颗星。

这种条纹细布的深信，
　　是对有瑕疵的人性
如此精致细腻的厌恶，
　　是对神性的羞愧，——

这是多么平常的荣光，
　　一个渔夫会欣赏！
脆弱的女士，救赎
　　如此，为你感到羞耻！

131

谁从未渴求，——疯狂极乐
　　是他始终未知：
节制食欲的飨宴
　　胜过醉生梦死。

在期望中，欲望完美之
　　目标尚未攫取，
永不靠近，除非现实
　　解救你的灵魂。

132

与眼前的陆地共沉，
　　比拯救我的蓝色
半岛，可能会更容易，
　　它将毁于欢乐。

133

你不能扑灭一场火；
　　引燃的火种
没有扇子自己蔓延，
　　在漫长的夜晚。

你不能把一场洪水
　　折叠并装进橱柜，——
因为风会把它发现，
　　告知你的雪松地板。

134

一点微薄运气，一点小名气，
为刺激和甜蜜小搏一役，
　　已很多！已足矣！
水手的营生是海岸，
士兵的——是弹丸。谁刨根问底，

　　　须把邻近生活寻觅!

135

先极乐，后地狱，
我不能把脚放错地方，
我怕把鞋弄脏?

我宁让双脚舒适
也不要护着靴子，
因为即使再买一双
在哪个集市
都很方便。

可幸福只卖一次；
专有权一丢失，
无人能买回来。

136

我一级一级向前走，
　　很慢，小心翼翼；
我感觉星星萦绕我的头，
　　大海在我脚边。

我只知道下一级
　　许是最后一寸，——
这让我脚步不稳，
　　有人称为经历。

137

在成系列的节日里
　　有一天叫感恩节，
部分的欢庆在餐桌，
　　部分的在记忆。

无论长老还是少女，
　　　我都不跟他们游戏；
对于我戴头巾的脑子，
　　　它是内省的节日。

假如不从过去的总数
　　　狠狠减去一笔，
不提一块地或一个标题，
　　　那里曾是一间屋子，

更不说，谁小小的石子
　　　在水塘漾开涟漪，——
这一切统统加在一起，
　　　那就是感恩节。

138

被时间精明的长毛绒软化，
　　　苦恼显得多么柔滑，

它威胁吓唬童年的城堡，
　　埋葬了青葱的岁月！

现在被惨淡的忧伤分裂，
　　我们妒忌那绝望，
它曾经摧毁的童年乐园，
　　竟如此轻易复原。

II

爱情

Love

1

我的爱，有纯洁选择权！
已被王室封印！
我的爱，已签爱的囚禁，
栅栏不能隐形！

我的爱，或幻想或否决！
它在墓前撤销，
授衔，确认，——错乱的特权！
青春正在溜掉！

2

亲爱的，你留下两份遗产，——
一份爱的遗产，
若将其献给神圣的天父，
他必然会满意；

你留下痛苦的遗产
如大海般宽阔，
它介于永恒与时间之间，
你的意识和我之间。

3

变心？等青山变了吧。
犹豫？等太阳问
它明亮的光辉是否
仍然完美照人。

饮食过度？看黄水仙
如何吮吸露珠：
一如既往像她，哦朋友！
我亦对你如初！

4

仙境[1]很遥远，却比邻
最近的房间，
一个朋友在那等候
幸福或审判。

灵魂包含何种坚毅，
它能沉住气，
听着一个足音走近，
打开一扇门！

5

怀疑我，悲观的伙伴！
为何，上帝满足
仅仅用爱的一大半

---

[1] 仙境（Elysium），希腊神话中，被赐福的人死后
的乐园。

无限向你倾注。
我的所有，永世永生，
远超女人所能，——
简言之，我给你嫁妆，
我最后的快乐！

这不会是我的精神，
它从前是你的；
我割让了所有尘土，——
更多什么财富，
我，一个卑微侍女，
她至高的身阶
尽可能只是，她会于
某个遥远的天堂，
与你羞怯地同居！

6

如果你在秋天来到，
我会用一半微笑，

一半蔑视，把夏天打扫，
像主妇拍一只蝇。

若我能在年内见你，
我把月卷成球，
放进它们各自抽屉，
等到日子降临。

万一耽搁几个世纪，
我掰手指算计，
直到掰得指头断了，
掉进范德门的土地[1]。

若确定，当此生已逝，
才有你我之事，
我扔掉它像扔果皮，
品尝永恒的滋味。

---

[1] 范德门的土地(Van Diemen's land)，塔斯马尼亚岛，
1800 年初澳大利亚的一处监禁地。

时间之翼飘忽不定，
可大家都忽视，
它像妖蜂把我蜇刺，
且它不会停止。

7

我把自己藏在花里，
它别在你胸口，
你不知晓，你别着我——
天使知道缘由。

我把自己藏在花里，
隐在你的花瓶，
你不知晓，却怜悯我
几乎孤苦伶仃。

8

我曾经一直都在爱，
我给了你证明：
即我自爱以来，
从未足够真心。

我应该一直都在爱，
我给予你恳求，
爱即是生命，
生命具有不朽。

你有疑问吗，亲爱的?
那我就没什么
别的可以示人，
唯有各各地[1]。

---

　[1] 各各地 (Calvary)，《圣经·新约》中的耶稣殉难地。

9

你的心里有一条小溪吗？
害羞的花开满溪边，
脸红的鸟儿到溪里饮水，
还有清影逶迤绵延。

它静静地流淌，没人知道
还有溪流水清清；
也不知你干渴的小生命
每日在溪里啜饮。

出去看看三月的小溪吧，
当江河暴涨横溢，
雪水从山岭上急遽而下，
常常把小桥卷席。

后来，在八月里，它也许，
当草地如火灼热，

当心，这条生命的小溪
在炙热中午干涸！

10

好像某种北极小花，
在极地的边际，
顺着纬度漫游而下，
它迷迷糊糊地
见识了大陆的夏天，
天空中的骄阳，
和陌生、缤纷的花苑，
鸟儿新奇鸣唱！
我说，仿佛这朵小花
游进了伊甸园——
那会怎样？哎，没什么，
就等你联想推测！

11

我的河向着你奔去：
蓝色大海，你欢迎吗？

我的河在等你回音。
哦大海，你宽容虚心！

我携着溪流奔向你
从四面八方南北东西，——

大海，说，
收下我！

12

我不能和你同住，
那将是生活，
而生活在那一边，

在架子后面。

教堂司事保管钥匙，
用以搁置
我们的生活，他的瓷器，
像一只杯子

被家庭主妇丢弃，
因为古怪或残缺；
新的塞夫尔[1]很得意，
而那些旧的爆裂。

我不能和你一起死，
一个必须等着
关闭另一个的凝视，——
你是做不到的。

我，我唯在一边站立，

---

[1] 塞夫尔（Sèvres），法国的一种工艺考究的细瓷器。

看你变得冰冷，
我没有冰霜的权利，
死亡之特权？

我也不能和你升天，
因为你的脸
会使耶稣的脸不安，
那新的优雅

在我思乡的眼睛，
焕发平凡和陌生，
除此，你比他
更加光彩照人。

他们审判我们——为何？
因你为天效力，你知道，
或你努力做到；
我可不能，

因为你已沧桑阅尽，

我却没有眼睛，
去看那像天堂一般
龌龊的完美和善。

假如你失去，我也会，
尽管我的芳名
在上天的名誉册上
有最响的声音。

假如你得到了拯救，
我宣告，绝不屈居
你原先所在之地，
那个是我的地狱。

所以我们必须分离，
你在海角，我在天涯，
仅把门微微开启，
那是汪洋大海啊，
并且祈祷，
那惨淡的维系，

绝望至极！

13

盛夏极致一日到来
全都是为了我；
我当此事只为圣贤，
它在启示之所。

太阳已外出，如以往，
花卉开花，如常，
无人想，一过夏至点，
一切幡然新颜。

语言极少亵渎时间；
一个词的代号
无用，如在圣餐礼上
我主身着长袍。

人各自是封闭教堂，

获准参加圣餐，
除非我们局促不安，
在羔羊的晚餐[1]。

钟点如愿飞快溜走，
被贪婪之手挟持；
从两层甲板上回眸，
向相反陆地行驶。

如此，当时间都停止，
没有外界之声，
各被缚别人的十字架，
别的镣铐未予。

充满信心，我们升起——
最终，废黜坟茔——
升起，向着新的婚姻，

---

[1] 羔羊的晚餐（supper of the Lamb），参见《圣经·启示录 19:9》："凡被请赴羔羊婚筵的有福了。"此处羔羊指耶稣，婚筵隐喻耶稣和教会的联姻。

爱的受难证明！

14

我被弃，与他们已无缘；
我的名，在乡村教堂，
被他们用水泼到我脸上，
现已终止使用，
他们可把它给我的童年，
我的玩偶，纱筒上的线
我也已经绕好。

此前是无可选择的受洗，
此次却有意，优雅给予
最崇高的名字，
称呼我全名，娥眉垂弯，
存在的整座拱门，塞满
一顶小小王冠。

我的首个头衔太小，第二个

被加冕，我在父亲胸前撒欢，
一位女王半醒半迷；
但这次，沉着坚毅果敢，
选择或拒绝自愿而为。
我所选——仅一个王位。

15

这是一次久别，见面
时间已经到来；
在上帝的审判席前，
这些骷髅情人

最后和第二次相见，
一个天在紧盯，
苍天之一个，彼此
有特权的眼睛。

他们的生命期未定，

衣着同新的待生者，
除了他们所见到的，
现已永久出生。

婚礼原来就是如此？
一个天堂，其主人，
小天使和六翼天使
这最熟悉的宾客。

16

我是妻子；我结束那种，
那种别的情形；
我是沙皇，我现是女人：
如此更加太平。

在温柔的帷幕下，女孩的
生活显得多奇特！
我相信对那些在天上的，

大地上也一样。

如果这算是安慰，那么
别的就是痛苦；
可为何对比？我是妻子！
到此为止！

17

她应他的要求，丢弃
闲适玩乐生活，
承担起女人和妻子
这光荣的工作。

若新的日子她遐思，
如广阔，如敬畏，
或最初愿景，连金子
久用也会销蚀，

无人说起，珍珠海藻
在大海里养育，
但唯他本人才知道
他们契合深几噚。

18

慢慢地来，伊登！
双唇对你还不习惯，
害羞吧，像羞怯的蜂
吮吸茉莉花粉，

迟迟抵达他的花朵，
绕着花蕊嗡嗡，
数着他的花蜜——进入，
消失在香脂中！

19

从所有坚持创造的灵魂
我已选择一个。
当理性从心灵徐徐隐遁，
花言巧语穷尽；

当那些现有和那些过去
保持固有分离，
肉体的一个短暂悲剧
消失如沙粒；

当人们展现高贵的正面，
重重薄雾被驱散，——
注意我喜欢的那个原子，
而不要泥土成串！

20

我除此没有别的生活，

引领它到此处；
也无任何死亡，以免
被从彼处驱逐；

无与尘世的千丝万缕，
也无新的行动，
除非穿过宽广的疆域，
抵达你的王宫。

21

你的富有教我懂得贫穷。
我是个百万富翁，
有点小财富，——女孩子好夸口，——
大如布宜诺斯艾勒[1]，

---

[1] 布宜诺斯艾勒（Buenos Ayre），即阿根廷首都布宜
诺斯艾利斯。

你大吹大擂你的版图
是另一个秘鲁；
我却尊重所有的贫穷，
所有财产归你。

我自身的，我知之甚少，
仅是珍宝的别称，——
最寻常之物的不同色彩；
王冠的稀世之宝

如此之多，若我觐见女王，
她的荣耀我该知道：
但那必是迥异的财富，
乞丐对它苦思冥想。

我肯定，对于那些整天
毫无节制，不受天谴，
觊觎你的人，那是印度，——
可能我只是个犹太人！

我断定那是高尔康达[1]，
超出我想象的力量，——
若每天我得到一个微笑，
那比珍宝不知好多少！

至少，可自慰的是知道
仍然存在一个金子，
尽管我及时加以证实，
距离使它只能遥望！

遥远的财宝难以臆测，
估计那些珠玑
会漏过我朴实的指缝，
我只是个女生。

---

[1] 高尔康达（Golconda），印度中南部被荒废的城市，十五世纪时曾是钻石加工和销售中心。

22

我把我自身给他，
得到他作为报偿。
生命的庄严契约
就这样顺理成章。

财富可能会失望，
我自身较为贫苦，
比之可能的大买主，
爱的每日的拥有

使前景十分暗淡；
但直至商人采买，
在香料之岛仍是寓言，
精致的货物还在。

至少，这是互为风险，——
也有人当是互利；
生命温馨的债务，——每晚所欠，

至中午，即破产。

23

"去他那里！快乐的信！告诉他——
告诉他信纸上我没写；
告诉他我只说了句法，
却把动词和代词省略。
告诉他手指如何地赶，
然后它们怎样费力地慢，慢，慢；
再后来你但愿信纸上生出眼睛，
这样你能看见是什么驱使它们。

"告诉他这不是个老练的写手，
从句子如何费劲拼凑，你能猜想；
你能听到紧身胸围在背后用力拽拉，
仿佛它持有一个孩子的强大力量；
你几乎可怜它，你，它居然如此苦辛。
告诉他——不，你可能在那里诡辩，

因为知道这可能会撕裂他的心，
于是你和我都缄默不言。

"告诉他我们完成前，夜已结束，
可那个旧钟仍不停地哀叹'白天！'
你困乏不堪，乞求尽快结束——
它会妨碍什么呢，这样坦言？
告诉他，她如何把信封牢，心思费尽，
但是如果他问，你被藏在哪儿，
直到明天，——快乐的信！
你就做个手势，搔首弄姿，摇摇头！"

24

我这样读一封信：
首先我把门锁紧，
手指再把它推一下，
因狂喜是必然的。

然后我尽可能地远离，
拒绝有人敲门；
接着把小小的信拉近，
轻轻把它启封。

稍后，精细审视墙壁，
更细致扫视地面，
为的是确信有无老鼠
在此前未被驱逐，

我的阅读多么细心之至，
对谁——唯有你知！
我叹息天空缺席，——但不是
众教义赞颂的那个。

25

狂烈的夜！狂烈的夜！
若我与你一起，

这狂烈的夜将会是
我们的奢侈！

轻浮散漫的风吹向
港口的一颗心，——
用罗盘测向，
用海图比量。

在伊甸园汹涌！
啊！大海！
今夜可能我
在你处系泊！

26

夜辽阔，只一颗单星
孤零零装饰在天庭，
常常，它遇到一片云，
因恐惧把自己熄灭。

风纠缠厮磨小灌木，
驱走十一月
留下的枯叶；然后攀爬，
消隐在屋檐下。

没有松鼠流窜外出；
一只狗迟钝的脚步
像踩着磨损的长毛绒，
沿清旷的街传来。

为感觉是否盲目更快，
她把小摇椅
向火炉拉得近一点儿，
为贫穷而颤栗

是这位主妇温和的任务。
"多惬意啊，"她朝着
对面的沙发说，"胜过五月，
不是说你——是雨夹雪！"

27

钓钟柳会向情人蜂
松开她的腰带？
情人蜂会毕恭毕敬
视钓钟柳为神圣？

天堂会在劝说之下
放弃它珍珠的护城河？
那伊甸园还是伊甸园，
王公还是王公吗？

28

用魅力覆盖一张脸，
看来并不完美，——
女士不敢撩起面纱，
怕魅力自毁。

她的面纱外有人群，
有愿望，也有拒绝，——
万一印象让人满意，
见面却失望至极。

29

玫瑰红晕在她两颊雀跃，
紧身胸围不停起伏，
她浮夸的话语，像醉汉，
让人频生惜惋。

玉指胡乱摸索她的活计，——
针线却不往前走；
什么让这娇俏少女走心，
我疑惑，想探究竟，

至我窥视到对面一张脸，
另一朵玫瑰赫显；

就在对面，那一个的语句
与这个醉者谐和；

一件背心，恰如这个紧身胸围，
正合着不朽的曲调舞蹈，——
直至这两只骚动的小钟
轻柔滴答成一个音调。

30

在大地上我看不见，他们说，
不朽的阿尔卑斯山俯瞰，
它的草帽直抵天穹，
它的凉鞋挨着城郭，——

温存陪伴这些永恒之足，
万朵雏菊摇曳起舞。
先生，哪朵是您，哪朵是我，

在一个八月的日子?

31

月亮高悬，远离大海，
她却用琥珀的手
引导大海这温顺男孩，
沿着指定的沙滩。

他从未偏离哪怕一度；
顺从于她的眼神，
他航行多远来到小镇，
离它而去就多远。

哦，先生，琥珀的手归您，
远方大海归我，——
顺从于最低的命令，
您向着我凝眸。

32

他用那根带子围绕我人生，——
我听见带扣咔嗒一声，
我庄严地转过身，
我的人生被放弃，
不慌不忙，俨然一位大公
放弃一个王国的地契，——
从此成为一个被奉献者，
云雾的一分子。

但并非遥不可及，不可呼召，
付出些小小的辛劳，
对其余的做个巡访，
逢场作戏露个微笑
给那些人，屈尊关注我，
并善意地请他进去小坐，——
谁的邀请，难道你不知
我必须为谁而矜持？

33

我手里握着一粒宝石，
入睡了。
天气温暖，微风轻拂；
我说："它不会丢失。"

我醒了，责备我诚实的手，——
宝石不翼而飞；
现在一颗紫水晶的记忆
是我全部的拥有。

34

如果我说我不应等待会怎样？
如果我冲破肉体的大门，
脱逃，投向你，会怎样？
如果我脱离这凡尘，
看它在哪里伤害我，——那已足够，——

并遁入自由，那又怎样？

我们身无一物，他们无可取走，——
地牢会呼召，枪支会恳求；
现在对我都无意义，
既然大笑是一小时之前，
无论花边，或一场巡游表演，
或昨天某个人死去！

35

自豪我破裂的心，自你将它打碎，
　　自豪我未感受的痛苦，自从有你，
自豪我的夜，自你与月亮将它灭寂，
　　不分享你的激情，我的谦卑。

36

我的价值是我的疑虑，

　　　他的功绩即我的恐惧，
对比之下，我的品质
　　　卑微地显现；

可能为他爱的需要，
　　　我未充分证明
那些最主要的忧虑，
　　　囿于我爱的信条。

我，他精挑细选作为
　　　不圣洁的府邸，
把我的灵魂当作教堂，
　　　供他举行圣礼。

37

爱是生命的先驱，
　　　死亡的后继，
创造的原动力，

　　呼吸的鼓励者。

38

我有一幸事，在我眼里
　　它比其余更大，
我满足地停止评估
　　这陶醉的尺度。

这是我梦境的局限，
　　我祈祷的焦点，——
一个完美、疲靡的极乐，
　　内涵即为绝望。

我仅知渴求或寒心，
　　二者同为幻影，
因灵魂里新的价值，
　　人间至高总和。

下面和上面的天堂

红殷殷朦胧不清。
生活的纬度过于倾斜；
　　评判也已湮灭。

为何快乐如此吝啬，
　　为何天堂延迟，
为何洪水用碗端给我们，——
　　我已不再沉思。

39

亲爱的，当玫瑰都不再开放，
　　紫罗兰已凋亡，
在神圣的飞行中，野蜂
　　已经远离太阳，

那只手在这个夏日里
　　暂时停止采集，
它在金褐色中赋闲，——

　　拿着我的花，祈祷！

40

请允许我成为你的夏天，
　　当夏天已经飞远！
当夜鹰黄鹂不再鸣唱，
　　你的音乐还将继续！

为你绽放，我跨过墓地，
　　在各处播种我的花！
银莲花，祈求我的采摘，
　　你的花儿永远盛开！

41

剖开云雀，你会发现音乐，
　　珠玑串起，银铃卷绕，

吝啬地分发给夏日早晨，

　　笛声衰老，为你耳留存。

释放洪水，你发现它宣畅，

　　喷涌复喷涌，都为你保留；

罪恶的实验！好疑的多马[1]，

　　现在，你是否怀疑你的鸟儿的真实？

42

失去你，比获得所有

　　我认识的心更甜蜜。

是的，干旱即赤贫，

　　可随后我有了甘霖！

里海有它沙漠的疆域，

---

[1] 多马（Thomas），传说中的使徒之一，据说他
曾怀疑耶稣是否真的升天了（见《圣经·约翰福音
20:24—28》）。

海的另一领地；
没有这贫瘠的奖励，
　　就不会有里海。

43

　　可怜的小心肝！
　　难道他们忘了你？
不要介意！不要介意！

　　骄傲的小心肝！
　　难道他们抛弃你？
不要生气！不要生气！

　　脆弱的小心肝！
　　我不会让你伤心：
你能相信？你能相信？

　　快乐的小心肝！
　　像早晨灿烂光辉，

你会枯萎！你会枯萎！

44

有一句言辞
暗藏利箭一支，
　　　能把一个武士杀死。
它狂吐的恶语带刺，——
　　　转瞬重又噤口。
可它倒下之处，
被救者会告诉，
　　　在爱国之日，
某个佩肩章的兄弟
　　　停止了他的呼吸。
无呼吸的太阳在哪里运行，
　　　白昼在哪里游历，
那里有它无声的突袭，
　　　那里有它的胜利！
看那最精准的枪手！

最完美无缺的射击！
时间最崇高的目标
　　是一个灵魂被"忘记"！

45

我在此得到一支箭；
　　喜欢那只赠送的手，
我敬畏这支箭。

他们说，倒在"小冲突"！
　　失败了，我心里明白，
被一支单箭击败，
　　它发自射手的弓。

46

像琴师演奏全曲之前，

他们抚摸琴键，
他在你的心灵摸索；
　　他逐步打晕你，

准备对你脆弱的实体
　　给予缥缈的打击，
用虚弱的锤，远远听到，
　　愈益抵近，如此柔缓，

你的呼吸有时间畅通，
　　你的大脑清泉淙淙，
突然一声惊天的霹雳
　　剥开你赤裸的灵魂。

47

心，我们将把它忘记！
　　今晚，我和你！
你会忘记他给予的温暖，

我会忘记那光。

若你已忘记，请告知我，
　　我的思想将暗淡；
快点！否则当你拖延，
　　我会把他想起！

48

天父，我带给你的非我本人，——
　　那仅一点点负重；
我带给你这颗庄重的心，
　　我无力负它而行。

我喜欢这颗心在我自身，
　　直到它变得过重，
最奇怪的，自它走后更沉，
　　对你，它是否太大？

49

我们对爱也喜新厌旧，
　　　把它塞进抽屉，
直到它像祖先的服装
　　　在古装秀出风头。

50

击碎心的不是一根棍子，
　　　也不是一块石头；
是一根鞭子，小得你看不见。
　　　我已知，

抽打这神奇的生物，
　　　至它倒下，
但这鞭名太高贵，
　　　不能告诉。

鸟儿的宽容
　　由男孩讲述，
它吟唱的石头
　　将把它杀戮。

51

我的朋友定是一只鸟，
　　因为它会飞！
我的朋友必是在尘世，
　　因为它会死！
它像蜜蜂一样有刺。
啊，奇妙的朋友
　　你把我难倒！

52

他触摸我，所以我知晓

有那样一天，允许我，
　　　在他胸部摸索。
对于我，那里无边无际，
像可怕的大海般沉寂，
　　　让小溪汇聚休憩。

现在，我与从前已迥异，
仿佛我呼吸高天的空气，
　　　或身披王室的长袍；
我的双脚曾游走不停，
我的吉卜赛的脸展现
　　　温柔可爱的表情。

53

别让我用曙光的黑点
　　　玷污那个美梦，
但矫正我的每个夜晚，
　　　它会梦境重现。

54

我与他同住，我看他的脸；
　　　我不再去外面
拜访，也不去看落日；
　　　死亡仅有的隐私，

是唯一将我的排除，
　　　他按常理提出
不可见的一个要求，
　　　致我无缘婚姻。

我与他同住，我听他嗓音，
　　　今天我活着，
是为了见证不朽
　　　它的确定性。

用时间教导我，——低级方式，
　　　每日深信不疑，——
这样的生活永无穷尽，

乃是天之报应。

55

我妒忌他在海上航行，
　　我妒忌承载他的
四轮马车的轮子辐条，
　　我妒忌无言山岭

凝视他的旅行；
　　大家轻易看见，
当天堂对着我，什么
　　被彻底地禁止！

我妒忌麻雀的巢布满
　　他远处的屋檐，
大群飞翔在他的窗前，
　　快乐，快乐的叶子

刚好就在他窗户外面，

　　还是夏日绿叶，

皮萨罗的那些耳环

　　不能为我而得。

我妒忌光把他叫醒，

　　钟声响亮奏鸣，

告知他外面是中午，——

　　中午能把我带来，

但是禁止我的开放，

　　驱离我的蜜蜂，

否则在永恒的夜，正午

　　扔下加百列[1]和我。

---

[1] 加百列（Gabriel），《圣经》中的天使长，为上帝传信（见《圣经·路加福音 1:19》）。

56

我说，女人身穿白衣 [1]
　　　是一件庄重之事，
如果上帝认为我合适，
　　　显现圣洁的神秘。

把生命投进那紫井
　　　是胆怯的举止，
毫无垂落之感，它从此
　　　返回，进入永恒。

57

我神圣的头衔
是妻子，

---

　[1] 作者在诗中罕有的自传式注解，据说她从二十岁起就一直穿白色的衣服。

但无标志。

至上的高阶

授予我——

殉难地之女皇。

风光无限

然而皇冠——

被许配，那种狂喜

上帝却未给予我们女人。

当两个人各手持

石榴石对石榴石

金子对金子——

出生——出嫁——

出殡——

一天之内

三重胜利——

　　"我的丈夫"

女人们说着，

弹拨着旋律，

不就是这样子？

III

自然

Nature

1

新的脚在我花园行走，
新手指在草地拨弄；
榆树上一个吟游诗人
显出孤独的面容。

新孩子在绿树上嬉戏，
新疲惫在树下酣睡；
忧郁的春天悄悄回归，
准时的雪静静落下来！

2

粉红，纤小，很准时，
馨香，低矮，
四月里藏着掖着，
五月里灿然盛开，

与苔藓亲近，
跟小山熟悉，
和知更鸟一起
在每个人心里。

勇敢的小美人啊，
用你来做装扮，
自然断然拒绝
风气的古板。

（以一支最早的蔓生的五月花[1]。）

3

一只蜂嗡嗡嘤嘤
让魔法对我失灵。

---

[1] 五月花（May-flower），作者的故乡美国马萨诸塞州的州花，中文名为藤地梅（epigaea repens）。

若有人问为什么，
那么，要死简单，
要回答难。

满山嫣红姹紫，
夺走我的意志；
如果有人讥笑，
小心，上帝在此，
就因为这。

天已破晓
为我增光；
如有人问我如何做到，
艺术家把我画成这样，
必须回答！

4

也许你想买一朵花？

可我从来不卖。
倘若你想借一朵花，
只借到黄水仙，

在村庄大门的廊道
脱下她的黄花帽，
只借到三叶草来的蜂
把美味蜜酿吸吮，

怎么，我只借到那时为止，
不多一个小时！

5

蜂蜜的种类有多少，
蜜蜂毫不关心；
一簇苜蓿，它却随时
贵族般献殷勤。

6

有人守安息日必去教堂；
我却执意待在家，
有一只食米鸟作领唱，
果园权当是穹顶。

有人守安息日必穿法衣[1]；
我却穿上双翼，
也不去教堂把大钟撞，
小司事把颂歌唱。

上帝，——知名的牧师布道，——
说教从不冗长；
我最终不会升入天堂，
一路款步徜徉！

---

[1] 法衣（surplice），一种有宽大长袖的白色大袍，
基督教神职人员做法事时穿。

7

蜜蜂一点不害怕我，
我认识那彩蝶；
林子里的美人儿们
恭敬把我迎接。

我来时小溪笑得欢，
微风翩跹轻舞。
我眼向何处，银色迷蒙?
哦，夏日，你往何处?

8

一道彩虹跨过展会而来!
开司米世界的朦胧幻影
我看得真切自信!
或孔雀紫色的尾屏展开，
在平地，炫彩羽毛紧挨，

蹒跚着脚步而去!

梦幻中的蝴蝶翩飞轻摇,
死水般的池塘又复歌吟
去年中断的曲调。
出自阳光下的某个古堡,
蜜蜂高傲行进,依次衔接,
排成嗡嗡的队列!

知更鸟今天密集地站立,
像昨天在屋顶、篱笆
和树枝堆积的雪花。
为老情人太阳先生
兰花把她的叶片拢合,
重访沼泽!

没有司令官,无数森林
和山丘的寂静的军团
集结明亮的队形。
看!这大群的人是谁?

是戴头巾的海，还是
切尔克西亚[1]土地的孩子？

9

草非做不可的很少，——
一片简单的绿茵，
只是让蝴蝶们产卵，
让蜜蜂嬉闹嗡嘤，

整日里随微风轻吟，
奏鸣动听的小调，
让阳光停留在膝上，
对一切点头弯腰；

夜串起露珠，像珠玑，

---

[1] 切尔克西亚 (Circassia)，俄罗斯的西南地区，在
黑海岸边。

让自己光彩绚丽，——
看到这些，公爵夫人
也就不足为奇。

即使当它死去，也要
散发神奇的气息，
仿若低级的香料入眠，
或松树的护身香气。

然后便到仓房安居，
在梦中让日子过去，——
草非做不可的很少，
我但愿就是那干草！

10

一条小路，非由人建，
唯让眼睛看见，
它让蜜蜂的辕驾通过，

或蝴蝶的车辇。

若它有小镇，离得很远，
我却不能说看见；
我只有叹息，——没有车辆
载着我顺路向前。

11

一滴雨落进苹果树。
另一滴落在屋顶；
半打雨滴亲吻屋檐，
让山墙嬉笑不停。

一些出去支援小溪，
小溪出去壮阔海洋。
我乱想，若它们是珠玑，
项链将会是怎样！

尘土重回湿透的路，
鸟儿更欢乐鸣唱；
阳光把它的帽子甩掉，
果园里晶莹闪光。

微风带着沉闷的琴，
让它在欢乐中沉浸；
东方展开单面大旗，
示意盛会尾声已近。

12

夏日白昼的某种东西，
她的蜡炬慢悠悠燃尽，
让我心生敬意。

夏日中午的某种东西，——
湛蓝幽深，无言的韵律，

胜过狂想恣意。

在一个夏日夜晚，
某种东西光华璀璨，
我拍着手观看；

然后蒙住我审视的脸，
让这精妙、闪烁的优雅
远远地向我扑闪。

着魔的手指躁动不息，
在心胸里的紫色小溪
默默摩擦她窄窄心底；

东方静静竖起琥珀大旗，
引导太阳沿着峭壁
驾驭那红色大车，

就这样守望，夜晚、清晨，
结束华丽的奇观，

穿过露珠，
我与另一个夏日相见！

13

这是日落染色的那片陆地，
这是那个黄海的海岸；
它从何处升起，向何处冲去，
这些都是西方的秘密！

夜复一夜她紫色的旅行
用大片乳白铺展其着陆；
商人们在天际线上踌躇，
随美丽的风帆一起消隐。

14

有一种花儿蜜蜂偏爱，

蝴蝶求之若渴；
为赢得那紫色的民主，
蜂鸟欲求不得。

无论什么昆虫经过，
都带走一份花蜜，
相比他的几分饥馑，
她的容量成比例。

她的脸儿比月还圆，
比牧场的红门兰
或杜鹃花的外衣
更加红润艳丽。

她并不等待六月；
世界一片葱绿之前，
她坚定沉着的小脸
在风中清晰可见，

亲近自身的男亲属，

与青草展开角逐，
为草泥阳光的优先权，
充当惬意的生命诉讼人。

当丘陵郁郁葱葱，
更新颖的风尚流行，
不要因妒忌的疼痛，
收回独一无二的芳馨。

她的公众是正午，
她的天命是太阳，
她的成长，由蜜蜂以高涨、
坚定的声调宣扬。

军队之最勇敢者，
至最后不会放弃，
即使意识到失败，
唯冰霜让一切隐匿。

15

像车队驶过毛绒的轨道，
我听到平静的蜜蜂：
一阵轧轧声掠过花丛，
它们天鹅绒的城

抵抗，直至甜蜜的进攻
将它们的骑兵击溃，
而他，胜利地斜刺而去，
征服其他花卉。

他足蹬薄纱长靴，
戴着金闪闪的头盔；
胸脯镶嵌着缟玛瑙，
独特的带绿玉髓。

他的劳作是一支歌谣，
他的休闲是一曲小调；
哦，一只蜜蜂有何体验，

对中午和三叶草!

16

草地长长的暗影是预兆，
示意太阳将要落山；
给受惊吓的草丛的通报
却是黑夜已然阑珊。

17

向客人道过晚安，孩子们
便不情愿地转身，
我的花儿们也噘起嘴唇，
披上她们的睡衣。

孩子们醒来后雀跃，
欢呼新的早晨，

花儿从一百个花篮里
往外瞅瞅，欢声四起。

18

在清晨人们会看见
天使们在露珠之间，
弯腰采摘，微笑飞翔：
嫩芽也伴随他们吗？

中午太阳灼热，又见
天使们在沙地中央，
弯腰采集，叹息飞翔；
他们带的花儿被烤焦。

19

我偷看时她扭扭捏捏，

好漂亮，好腼腆！
深藏在她的小叶子里，
好像人们会察觉；

我经过她时她屏住气，
我回身要带她走，
远离她简陋的住地，
她挣扎，满脸害羞！

为她我抢劫了那幽谷，
为她我出卖小山坳，
很多人肯定会责问我，
可我永远不会说！

20

各处都没什么两样，
四季更替也都相像，
晨花盛开直到中午，

火焰便从荚壳爆出。

林中野花如火如荼，
小溪潺潺从早到晚；
黑鸟为过去的痛苦
家长里短唠叨没完。

宗教裁判所和审判
与蜜蜂都毫不相干；
他和他的玫瑰分手
才让他受尽了磨难。

21

山高高盘踞大平原
他永恒的宝座，
他的目光远及无限，
审视无处不在。

四季在他膝下匍匐，
像孙儿围绕爷爷：
他俨然白昼的祖父，
黎明的祖先。

22

我告诉你太阳如何升起，——
时间的一条丝带。
尖塔都在紫水晶中摇摆，
消息像松鼠飞窜。

丘陵脱下了它们的帽子，
食米鸟的歌唱开始。
于是我轻声对自己说，
"太阳就要出来啦！"

可他怎么落下，我却不知。
好像有一个紫色阶梯，
黄毛丫头和小男孩

整日在那里爬上爬下。

等他们翻到了另一边，
一袭灰衣的牧师
轻轻抬起夜晚的栏杆，
带领着羊群离去。

23

蝴蝶升天的外衣，
挂在绿玉髓的公寓，
　　　在这个下午穿上身。

如何屈尊俯下贵体，
与毛茛花建立友谊，
　　　在新英格兰[1]的小镇！

---

[1] 新英格兰（New England），在美国大陆东北角，由缅因州、新泽西州和作者的家乡马萨诸塞州等6个州组成。

24

那向四方播撒的声音，
竟没一支向我而来，
仿佛无言的韵律，树杈
那惯有的节拍，

风所制造，像手的劳作，
指尖从天空梳过，
颤落，带着成簇的曲调，
足以容下神和我。

风如卷带一圈圈旋绕，
嗡嗡把门扉轻叩，
鸟儿载着它们的乐队，
把天空占为己有，

我恳求他优雅，像夏日树枝，
倘若如此这般浪迹，
他永远听不到无人的合唱

庄重地从树上升起，

仿佛某些商旅之声
在大漠，在天空，
队形凌乱杂沓，于是
重整队列，绵密无缝，
徐徐地隐遁。

25

对任何幸福的花儿
都不必惊诧稀奇，
冰霜偶尔露一身手，
随意把它扼杀。

金发杀手一路恣肆，
太阳却漠然运行，
为一个赞许的上帝
划分又一个日子。

26

夏天已经走得很远，
蟋蟀才唧唧而来，
我们都闻钟声柔绵，
为催促我们回归。

蟋蟀才刚刚离开，
冬天旋即而至，
而那哀婉的钟摆
诡异神秘守时。

27

这些天候鸟们回归，
只有一两只鸟儿
扭回头去偷窥。

这些日子天空呈现

六月的精致和古板，——
一种蓝和金的错觉。

喔，骗术可瞒不住蜜蜂，
你玩弄的花样，差点儿
让我信以为真，

一行行种子作出证言，
轻巧地从暖暖的空气
匆匆萌出新叶片片！

喔，夏天的圣餐典礼，
喔，薄雾中最后的共享，
准许一个孩子参与，

佩戴你神圣的徽章，
掰开你献祭用的面饼，
品尝你永恒的佳酿！

28

早晨变得温和清爽，
坚果渐渐显出棕黄；
浆果脸颊更加丰满，
玫瑰却在小镇隐藏。

枫树系上深灰围巾，
田野披上猩红大氅。
我重拾起旧的时尚，
把一枚小饰针别上。

29

天空低沉，云阴暗丑陋，
一朵飘飞的雪花
越过仓房，或掠过车道，
争论它该不该走。

窄窄一股风整日抱怨
人对它怎么不公；
自然如我们，有时落到
失了君王的威严。

30

我认为铁杉很喜欢
立在雪地的边缘；
它适宜自身的肃然，
满足于一种尊严，

人只能在荒野体验，
或忍受沙漠煎熬，——
对苍茫、荒凉的忍耐，
拉普兰人[1]是必要。

---

[1] 拉普兰人（Laplander），居住在北欧（挪威、瑞典、
芬兰、俄罗斯北部）拉普兰地区的人。

铁杉天性不畏寒冷；
尖利嘶鸣的北风
是他最甜美的营养，
可口的挪威醇酿。

他不屑奢靡的种族；
可在他的天帐下，
顿河边的孩子玩耍，
第聂伯斗士角逐。

31

在冬天的下午，总有
一道阳光斜射，
它像大教堂的圣乐
沉重地压迫着。

它给我们天之灼伤；
却找不到伤疤，

但内心的种种变化
是其意义所在。

无人对它先知先觉，
它是封印[1]，绝望，——
一种不可抗拒之伤
自天送达我们。

它来之时，大地倾听，
连阴影也屏息；
待它离去，遥不可及，
如同目送死亡。

32

大自然，最温馨的母亲，

---

[1] 封印 (seal)，狄金森作品中此处和别处出现的 seal，很可能都有回应《圣经》的意思，见《圣经·启示录5》。

对所有孩子一样耐心，
既柔弱温存，也心肠铁硬，——
她温和的责备

在山丘，在森林，
约束猖獗的松鼠，
或者焦躁的鸟雀，
都被旅行者谛听。

她的话语合情合理，
在一个夏日午后，——
在她的家庭，她的聚集；
当日落西山，

她的嗓音在廊道
重复着最卑微的
蟋蟀，最不起眼的花草，
羞怯的祈祷。

当所有的孩子都入梦，

她跋涉漫长的道路，
费力去点燃她的灯盏；
然后，从天空俯下身，

以无限的仁慈至爱
和数不尽的关怀，
她的金手指放在嘴唇，
嘘——，万籁俱寂，世界安泰。

33

真的将要有一个早晨？
真的有种叫白天的事物？
我能从山上看见它，
若我像山一样高大！

它像睡莲一样有足？
它像鸟一样有翼？
它是否来自著名的国度，

我对它们闻所未闻？

哦，某位学者！哦，某个水手！
哦，某个天上来的智者！
请告诉一个小小的朝圣者，
那个叫早晨的地方在哪儿？

34

凌晨三点半，一只孤鸟
去往寂静天空，
鸣叫出谨慎的旋律，
仅仅一个单音。

四点半，实验性鸣唱
替代了测试，
哦看！她银铃的原则
把别的都抑制。

七点半，内在元素
而非外表可见，
地点即是现身之地，
圆周之间。

35

白昼姗姗来迟，直至五点，
突然跃出山前，
像被遮盖的红宝石，或
滑膛枪闪光迸溅。

紫色不会久留东方，
太阳扶摇而上，
像巨大黄玉，把夜色覆盖，
女士玉体刚刚展开。

快乐的风拿起手鼓；
鸟儿以驯服的队列

围着它们的王子起舞
（风即是它们的王子）。

果园像宝石闪闪发光，——
多了不起，让客人
留在这辉煌的地方，
这白昼的厅堂!

36

太阳刚刚触及早晨；
早晨，快乐的东西，
踌躇满志，要来定居，
生活将处处新春。

太阳自觉无上至极，——
上升的非凡之物；
今后是她怎样的节日!
此时，她旋绕的国王

正沿着果园拖沓巡游，
他傲慢闪亮的衣摆，
留下一种新的需求，——
渴望各式冠冕！

早晨迟疑，缩手缩脚，
因她的王冠而卑微，——
她未涂膏油的额头
今后仍将形影相吊。

37

知更鸟就是那一只
打破晨寂的鸟，
她匆忙的几声鸣叫
急报三月来到。

知更鸟就是那一只
叫了一中午的鸟，

她用天使的洪亮告知，
四月已经报到。

知更鸟就是那一只
在巢里默然的鸟，
示意家、安栖和圣洁
是好上加好。

38

一只蝴蝶破茧而出，
像一位女士从门内
现身——在一个夏日午后——
往各处翩翩飘飞，

没有线路我能追溯，
进取心强烈，
在广阔世界易迷路，
三叶草理解。

她漂亮双翅在田野
并拢，人们在地上
翻晒干草，再与一片
乌云奋力对抗，

有同伴像她一样虚幻，
漫无目标飞翔，
似乎正去往乌有之乡，
像一个热带的表演。

不像蜜蜂那样勤劳，
花儿热情开放，
这悠闲溜达的观众
瞧不起它们，从天空，

到落日潜行，潮水永恒，
晒干草的人们，
还有下午，和蝴蝶，
都在海上隐灭。

39

在你思考春天之前，
除了臆测之外，
你看到，上帝也钟情他的突然，
一个家伙在天空，
独特唯一的色彩，
因风雨侵蚀稍稍颓败，
激动人心的衣装
是靛蓝和棕黄。

带着歌的各色样板，
仿佛专供你挑选，
在音程上自由裁剪，
他以轻松的延迟
去往某棵参天大树，
上面却没有一片叶子，
他兴奋地欢叫，不对别人，
只对他天使般的自身！

40

一种演变的景观围绕山冈；

一种泰尔[1]色红光映照村庄；

一次壮丽的日出显现黎明；

一片幽暗暮色覆盖了草坪；

一个朱砂色脚留下的印迹；

一根橙色的手指立在峭壁；

一只轻浮的蝇趴在窗玻璃；

一只蜘蛛又在做它的交易；

一根增加的立柱在香缇克莱[2]；

一朵花儿处处被人喜爱；

一柄斧子在森林伐木；

一路蕨香弥漫无人的野径；

---

[1] 泰尔（Tyre），古代腓尼基人在地中海东岸的一座城市，在现黎巴嫩南部。

[2] 香缇克莱（Chanticleer），美国费城附近的一个玫瑰园。

以上一一列举，更多我已无力；
一个鬼魅般的目光你也熟悉；
尼哥德慕神秘的问询，
一年一度的回应已收讫。

41

"这些小床是谁的？"我问，
"这些山谷里的小床榻？"
有的摇头，有的微笑，
却没有人回答。

"可能，她们没听见，"我说；
"我还会再询问，
那是谁的，那些小床榻
在平原上密密麻麻？"

"这是雏菊，离得最近；
稍稍远一点，

挨着门，第一朵要叫醒，
是小翠菊。

"这是鸢尾花，先生，和翠菊，
风铃草和银莲花，
在一片红毯上的巴奇亚[1]，
还有丰满的黄水仙。"

此时，在很多摇篮旁
她的脚不停地忙，
哼着最有趣的摇篮曲，
摇着一个孩子入睡。

"嘘——小灌木醒了！
藏红花噗噗她的盖子，
杜鹃的脸颊一片绯红，——
她梦见自己在森林中。"

---

[1] 巴奇亚（Batschia），有注为"一种开精致蓝色花
的植物的旧称"，可能是"奇亚"，北美洲一种一年
生草本植物，开蓝色小花。

于是转向她们，恭恭敬敬，
"她们上床的时间到了，"她说，
"当朝霞染红四月的树林，
野蜂会把她们叫醒。"

42

俾格米[1]天使已走失，
维维[2]来的天鹅绒人，
美女来自某个丢失的夏日，
蜜蜂专有的小圈子。
巴黎本来不能平整
用翡翠环绕的折痕；
威尼斯不能露这样的脸，
它的光泽如此温柔美妍。
为我着锦缎的小女仆
从未有过这样的表演，

---

[1] 俾格米（Pigmy），分部在中非、东南亚和大洋洲
的身材矮小的人（俾格米人），这里指天使身材矮小。
[2] 维维（Vevay），瑞士的一个小镇。

用荆棘和叶子做埋伏。
我宁可要她的雅致，
也不要一位伯爵尊贵的脸；
我宁可像她一样居于陋室，
也不要像埃赛特[1]的公爵，
对我足够忠诚，
压抑野蜂的嗡嗡声！

43

听一只黄鹂的轻鸣
是一件平常的事情，
或仅是对神的崇敬。

那并非因为那只鸟
它发出相同的鸣叫，
人群中却无人听到。

---

[1] 埃塞特（Exeter），英国西南方的自治市。

耳朵的时尚流行，
在于它聆听或花哨
或单调的声音。

所以，无论那是密咒，
或它根本一无所有，
都有关内心的喜忧；

那"曲调就在树上，"
怀疑论者给我指点；
"不，先生！在你心上！"

44

被迈达斯[1]点中者之一，
是那个轻信的浪子，

---

[1] 迈达斯（Midas），希腊神话中贪婪的国王，曾求
神赐予点物成金的法术。

即那只极乐的黄鹂，
他未能点中我们全体。

他醉醺醺，矢口否认，
以引人发笑的神圣；
如此光华绚烂，我们误当
他是个燃烧的矿藏。

一个求情者，伪君子，
一个享乐主义者，小偷，——
不久后成了一支圣乐，
出神入迷是主旨；

果园的那个耶稣会士，
他会作弊，当他痴迷
整个的芳香油脂，
因他无底的贪欲。

一个缅甸的壮丽辉煌，
鸟雀们的曳光，

像民谣和吟游诗人
盛大的演出般开启。

我从未想过伊阿宋[1]
去寻找什么金羊毛；
那时我是个乡巴佬，
一心想着维护和平。

要是真有个伊阿宋，
传统允许我注视
那棵苹果树上
他失去的补偿。

45

我惧怕第一只知更鸟，

---

[1] 伊阿宋（Jason），希腊神话中的英雄，曾到海外
寻找金羊毛。

可他现在已服管束，
我习惯了他的成熟，——
尽管他有一点伤心。

我想我若是能活到
那第一声鸣叫过去，
不是林中所有的钢琴
都有权对我乱弹一气。

我不敢去见那黄水仙，
因害怕它们的大黄袍
用一种时尚把我撕裂，
它与我的有天壤之别。

我希望青草快快长，
这样到要看的时候，
他会太高，那最高的
想看我，要低下头。

我不能忍受蜜蜂到来，

我希望它们远远呆在
它们的昏暗的土地：
它们会说我什么呢？

可它们在此；并未衰败，
没有花儿远远避开，
还在温柔地依顺我，
这耶稣受难地的女王。

每一个临走都向我敬礼，
我孩子一般得意，
对他们并不用心的鼓声
致以痛彻内心的谢意。

46

一条路径延伸消隐，
一个转轮随之远行；
一声共鸣，翡翠清音，

一曲一伸，胭脂虫蠕动，
一朵朵花在灌木丛
——矫正耷拉的头，——
来自突尼斯的邮件，可能是，
一次便捷的骑车晨投。

47

天空保守不了其秘密！
它们把它泄漏给山丘——
山丘刚刚透露给果园——
果园呢，告知黄水仙！

一只鸟偶然经过那里
悄悄地全都听到了。
假如我向小鸟儿行贿，
谁知道她会不会多嘴？

我想我不会说，当然，

最好是根本毫无干系;
假如夏天是天经地义,
什么妖魔还要下雪呢?

保守您的秘密吧,天父!
即使我想,我也不会
知道蓝宝石伙伴的作为,
在您的新时尚世界!

48

谁劫掠了树林,
这轻信的树林?
这毫无戒心的树
献出刺果和苔藓,
取悦他的痴心妄想。
他扫视它们的小饰件,
他攫取,统统抢光。
庄严的铁杉会如何?

冷杉又会说什么呢?

49

两只蝴蝶在中午出发,
在一条小溪上旋舞,
然后又振翅直上云天,
歇息于一道光线;

此后又一起转身离开,
来到闪闪发光的大海, ——
尽管从此在任何港湾,
无人提及她们的到来。

要是远方的鸟儿说起,
或在以太的大海相遇,
不论是舰船还是商旅,
报道均非为我而来。

50

我早早动身，带着狗，
去看大海；
地下室的美人鱼出来，
向我致意，

高楼上的双桅舰船
伸出粗缆索般的手，
设想我是一只老鼠，
在地面，在沙滩。

可无人移动我，直到潮水
没过我朴实的靴子，
没过我的围裙和腰带，
还没过我的紧身胸围，

那样子就要把我吞下，
就像吞下一颗露珠，
它在蒲公英的一只衣袖——

于是我再次出发。

而他——紧跟在后面；
我感觉他银质的脚跟
压着我脚踝，——我的靴
都被珍珠溢满。

等我们见到坚固的城镇，
好像无人跟他熟稔；
大海以一种宽阔的目光
俯看着我，退潮了。

51

大角^[1]是他的别名，——
我宁可叫他星！
科学如此做事和干涉，

---

[1] 大角（arcturus），大角星。

真的太无友情!

我从林子拔一株花,——
一个戴眼镜的魔鬼
一口气把雄蕊数尽,
并把她归入一类。

不像我从前,把蝴蝶
放进我的帽子,
他现端坐在陈列室,
三叶草的钟花已忘记。

过去称天堂,现已是天顶。
我曾想去之处,
时间的化装舞会刚散场,
却已绘地图,制海图!

假如两极到处欢乐蹦跳
并用头倒立,那会怎样!
我但愿已做好最坏准备,

无论发生什么无法预料!

可能天堂的王国已改变!
但愿我去之时,
那里的孩子不要太时髦,
瞪着我挖苦嘲笑!

我希望天父在上
会把他的小女孩提得高高, ——
这守旧, 淘气, 毛病不少, ——
翻过那珍珠的篱笆墙!

52

一场可怕的暴风撕碎空气,
云稀稀落落, 一派肃杀;
一种黑暗像幽灵的大氅,
把天空和大地掩藏。

生物们在屋顶偷笑
或在空中鸣着口哨，
它们蹄足颤抖，牙关紧咬，
结冰的毛发在颤动。

天空破晓，鸟雀飞翔；
恶魔的眼睛暗淡，
慢慢转回它故乡的海岸，
平安即是天堂！

53

处处银光熠熠，
以条条沙堤，
想阻拦波浪抹掉
大地的轨迹。

54

一只鸟儿下来漫步：
他不知道我看见；
他把一条蚯蚓啄成两段，
吃那家伙，生鲜。

接着他从身边的草叶
饮下一粒露珠，
然后侧身跳到墙上，
给一只甲虫让路。

他的眼睛快速扫视，
急促地扫到四周，——
它们像受惊的珠子，我想，
他正颤动丝绒的头，

仿佛正处险境；谨慎小心，
我给他一点点面包，
他舒展开他的双翅，

轻柔地飞翔回巢，

轻柔得像桨叶划开洋面，
水面漾起银光耀眼，
或像蝴蝶跳下正午的岸边，
游泳时，不泼不溅。

55

草丛里一个狭长的家伙
偶尔行动迅捷；
你可能遇到过，——没有吗？
它异常地警觉。

草丛分开，像被梳理，
赫然一支有斑点的箭；
紧接着挨近你的脚，
分开草，继续往前。

他喜欢一块沼泽地，
清凉得不宜种玉米。
但当一个孩子，赤着脚，
早晨我不止一次经历，

以为那是阳光下一根
未编扎的、刷刷的鞭子，
当我俯下身去确认，
它蜷成一团，溜走。

我认识几个自然的人，
他们也认识我；
我对他们的可亲真诚
从心底里欢喜；

但从未遭遇这种家伙，
无论有伴或孤身，
没有一次不屏住呼吸，
透过骨髓的冰冷。

56

蘑菇是植物中的小精怪，
可到晚上却不再；
早晨在一间块菌的小屋，
它在一个斑点止住，

仿佛它总要拖延一番；
它的整个生涯
比一条蛇的耽搁更短，
比野豌豆还短暂。

它是植物中的魔术师，
是微生物却不在现场；
它像一个泡泡提早冒出来，
像一个泡泡急不可耐。

我觉得青草会喜欢
有它夹在中间；
这鬼鬼祟祟的子孙，

是夏天的气氛滋生。

假如自然有遭鄙视的脸，
她可能有一个弃子，
假如自然有一个犹大[1]，
那么蘑菇，——它就是。

57

一股风像嘹亮的军号；
震颤着掠过草地，
一阵绿色的寒战压下热浪
如此不祥的凄厉，
我们紧紧拴上门窗，
仿佛抵御一个绿翡翠幽灵；
厄运的电光魔镜

---

[1] 犹大 (Judas Iscariot)，《圣经》中出卖耶稣的人（见《圣经·马太福音 26:14－16》）。

在那一瞬间闪过。
呼啸的树丛怪异地缠绕，
篱笆翻越上方遁逃，
河水漫过沿河的房屋，
追逐活着的生物。
尖塔里的钟暴乱地震荡，
纷飞的消息令人仓皇。
有多少会来，
又有多少会去，
全取决于这世界！

58

蜘蛛在夜里结网，
没有光，
在一根白色的拱梁。
如果它是妇孺的流苏
或侏儒的裹尸布，
就对它自己、自己指出。

它的不朽
在于它的战术，
即相面术。

59

我知道一个地方，那里夏天
与老练的冰霜开战，
每年她携着她的雏菊回归，
只简单记下，"落败"。

当南风在池塘掀起涟漪
并在小巷曲折穿行，
她的心为誓言感到惋惜，
她把轻柔的副歌

倾泻到金刚石的裙摆，
还有露水，和香精，
悄悄地在她琥珀的靴

凝结成石英。

60

有谁能再现夏天的日子，
他就比夏日更伟大，即使
他记录的可能是人类之事。
要是有谁能再造太阳，
在它西沉的那时段——
我是说，它的迟缓和斑斓——
当东方已是朦胧不清，
西方亦变得隐晦不明，
他的名字却流传。

61

风像个疲惫之人拍打门，
我像个主人，大胆回应，

"进来"；于是进入
我的住宅内部，

一个迅疾、无足之客人，
要让给他一把座椅，
就像要给空气一张沙发
一样，不可思议。

他没有骨架支撑自己，
他的话语就像无数
蜂鸟，从一个超级灌木
轰的一声飞起。

他的颜面似波涛，
他的手指，如果他经过，
像演奏音乐，至于曲调，
就像玻璃的震颤。

他的到访，来之倏然；
然后，像一个腼腆的人，

又拍打着离开——有点慌乱——
我重又孤单。

62

大自然罕用黄颜色
　　　相比其他的色彩；
她把黄都为日落保留，——
　　　多样的蓝的消费，

像一个女人消费猩红，
　　　黄的耗用十分节俭
并精心挑选，
　　　像一个情人的语言。

63

树叶像女人，交换

　　富有远见的信任；
某种点头称是，某种
　　自诩高明的推论，

参与两种情形的群体，
　　乐于谈论人之私密，——
不可侵犯的契约
　　变得名誉扫地。

64

小小石子多快乐，
漫步小路自个儿，
事业生涯不关己，
天翻地覆不忐忑；
朴实外套土棕色，
走遍大地穿新衣；
独往独来像太阳，
结伴而行自放光，

悠闲自适唯简单，
顺合天意即自然。

65

风声狂暴，仿佛街道都在滚动，
之后，街道复归沉寂。
我们在窗前能看到的只有遮蔽，
能感觉的只有惊恐。

渐渐地最大胆的人溜出藏身处，
去看时间是否还在。
自然系着她的绿玉石的围裙，
空气也更清新。

66

老鼠是最精的租户。

他不交房租，——
拒绝承担任何义务，
各种诡计迭出。

妨碍我们对声音
或陷阱的敏锐，
仇恨伤害不到
不张扬的敌人。

没有法规
能禁止他，
守法作为
一种平衡。

67

树林常常是粉红，
也时常呈现红棕；

山丘常常脱去衣装，
藏在本地小镇后方。

一个山头常戴着冠，
让我很想去看看，
也常常裂开一道缝，
总在那个老地方。

他们对我说，地球
绕着它的轴旋转，——
奇妙的公转，
十二个月才转一圈！

68

暴风开始摇晃草甸，
以可怖的音调低吼，——
他对大地发出恐吓，

对天空发出威胁。

叶子从树上脱离，
开始到处乱飞；
尘土像被手捧起，
从道路上抛扬。

车辆在街道上加速，
雷声慢吞吞催促；
闪电显露黄色的鹰嘴，
继而青灰的利爪。

鸟雀从树枝惊飞回巢，
牛向牛圈奔逃；
豪雨的一个雨点滴落，
然后，仿佛紧握

闸门的双手松开把持，
水从天倾泻而下，
但错过我父亲的屋子，

却把一棵树一劈成四。

69

南风摇曳它们，

野蜂飞来，

盘旋，犹豫，

吮吸，然后离开。

蝴蝶暂时停歇

在它们开司米的通道；

我，轻轻采撷，

在此把它们呈现！

70

绛紫的船只轻盈驭波

在黄水仙之大海，

思乡的水手融入人群，
于是——码头归于宁静。

71

她用色彩俏丽的扫帚打扫，
背后留下根根线条；
哦，傍晚西方的主妇，
回来吧，洒扫那池塘！

你投进一团紫色的散线，
你抛入一根琥珀色丝链；
现在你又用成把的翡翠
洒满整个的东方！

静静地她挥动斑点的扫帚，
静静地她的围裙飘荡，
直至扫帚悄悄融入星光——
至此我才离开。

72

像明亮的灯灼燃红光，
照耀树木基部，——
白昼远处的戏剧节目，
将其一一展露。

唯宇宙苍穹鼓掌欢呼，
观众之最主要部分，
被他华丽的衣装赋能，
我自身尊贵的上帝。

73

用一只杯子把落日带给我，
把所有的晨杯[1]都数出，

---

[1] 晨杯（morning's flagons），flagon原意为盛酒或饮料的大杯子，根据下文"晨露"，可能指晨花。

并说共有多少露珠；
告诉我早晨能跳多远，
告诉我纺织蓝天的织工
　　她什么时候睡觉！

给我写下，在那惊讶的树枝间，
那只知更鸟新的出神的啁啾，
　　其中有多少音符；
那只龟进行了多少次跋涉，
那只蜜蜂喝光多少杯蜜露，——
　　这贪婪的饕餮者！

那么，谁为彩虹打下了支柱，
那么，谁用柔顺的蓝色枝条
　　把温顺的星球引导？
谁的手指调谐石钟乳，
谁计数夜的贝壳珠链[1]，

---

　　[1] 贝壳珠链（wampum），印第安人作为货币和装饰用的贝壳串珠。

确认无人须付钱?

谁建了这狭小的白胶[1]屋子
并把窗子紧紧地关闭，
    使我的心灵不能直视?
谁会在某个喜乐的日子让我出发，
乘着器具高飞远翔，
    路过尘世的浮华?

74

炽燃迸射金光，熄灭黯然绛紫，
如猎豹般跃向天空，
然后在古老的地平线的脚踵
埋下它斑点的面孔，死去;

———————————

   [1] 白胶 (alban)，一种用酒精从白塔胶（杜仲胶）中提取的白色树脂状物质，此处译为白胶。

俯下身去，低到厨房的窗前，
触摸屋顶，给牲口棚染色，
她的便帽亲吻草甸，——
这白昼的魔术师走了！

75

夏天比鸟儿鸣得更久，
凄婉歌声发自草丛，
一个小小的国度歌颂
它不张扬的群体。

传统的风俗未见，
优雅却不断增进，
一种忧郁已成习惯，
扩张了孤独感。

正午时风气最古典，
当八月的灼热衰减，

召唤这圣餐的咏叹，
恬静安宁作为典范。

风雅迄今并未褪色，
耀眼光辉未有皱褶，
可一种占卜的差异
现在却把自然美化。

76

像悲伤一样难以察觉，
夏天悄然隐没而去，——
太难以察觉了，最后，
简直就像丧失信义。

一种静谧蒸发而逝，
因为黄昏早已开始，
或自然，与她自身共度

隐然退去的下午。

暮色已早早地降临，
晨光却显得陌生，——
一种礼貌、但伤心的优雅，
像终将告别的客人。

就这样，没有一翼飞羽，
也未借助一只平底船，
我们的夏天轻轻脱离，
进入了美丽。

77

这不会是夏天，——它已度过；
这对春天也太早；
在黑鸟鸣唱之前，要跨过
一条白色长街道。

这不会是死亡，——它太殷红，——
死者应着白衣离去。
所以夕阳用贵橄榄石别针
终止了我的提问。

78

龙胆编织着它的穗，
枫树隐隐呈现殷红。
我的告别的花开，
避开行进的队列。

一种短暂、但坚韧的病，
需要一个小时准备；
从这个早晨起，此地
即是天使们之所在。

这是一次简短的行进，——
等候的是那只食米鸟，

一只年长的蜜蜂致辞，
于是我们跪下祈祷。

我们相信，她是自愿，——
我们所求即我们所是。
夏天，姐妹，天使，
让我们与你同去！

以蜜蜂的名义，
以蝴蝶的名义，
以微风的名义，阿门！

79

上帝创造小小的龙胆花；
它却想做一朵玫瑰，
没成功，整个夏天在笑它。
但就在下雪之前，

突然来了紫色的精怪，

使整座山冈神魂颠倒；

夏天藏起她的额头，

恶作剧也偃旗息鼓。

冰霜却正锋芒显露；

泰尔色[1]还不会光临，

只等北风来把它唤醒。

"造物主！我该开花了吗？"

80

除秋天的诗人还在吟哦，

尚有少许散文诗的日子，

几个哼哼在雪的这一边，

有些在雾霭的那一面。

---

[1] 泰尔色 (Tyrian)，红紫色。

几个寒风彻骨的早晨，
几个苦行主义的薄暮，——
布里安[1]先生的金菊花飘零，
还有汤姆逊[2]先生的花束。

喧闹的小溪归于安宁，
芬芳的瓣膜已合拢；
催眠的手指温柔触摸
许多淘气鬼的眼睛。

可能一只松鼠会滞留，
分担我的善感多愁。
主啊，允诺我一个阳光之心，
来承受您的朔风长鸣！

---

　[1] 布里安（William Cullen Bryant，1794－1878），美
国作家，在他的诗《花之殇》中提到这种花。
　[2] 汤姆逊（James Thomson，1700－1748），苏格兰
诗人，以长诗《四季》最为著名。

81

它从铅的筛子里筛落，
在所有树林洒满粉末，
它用洁白的羊毛填满
道路所有的沟坎。

它给山岭和平原
装上平坦的脸面，——
从东方到东方，额头
重又平展绵延。

它抵达篱笆，
一根一根包裹栏杆，
直到它在羊毛里隐没；
它把水晶的面纱

抛向树干、柴堆和树桩，——
遮盖夏天的空旷，
填平收割过的田垄，

对于它们，却无记载。

它累弯邮差们的手腕，
像一位女王的脚踝，——
让手艺人静得像幽灵，
拒谈他们的曾经。

82

一年到头未有哪位准将
像这只鲣鸟如此公民相。
他既是邻居，也是武士，
以极好的运气，

他追逐那风，它们指责
我们是二月的日子，
这位宇宙的小兄弟
却从未随风消失。

白雪和他亲密无间；
我常见他们一起玩，
当天堂以如此峻严
从高处俯视我们，

我为天空竟被羞辱
感到深深的歉意，
它夸张的蹙眉正是
他们鲁莽的滋补剂。

这个大胆脑袋的靠枕
是刺激性的四季常青；
他的储藏——精简且军事化——
皆未知之物，让精力旺盛；

他的性格是一副刺激剂，
他的未来充满争议；
把这个邻居划出不朽，
实在是不公平。

83

春天苍白的景色会像
　　绚丽花束般耀眼，
尽管曾深深潜入瓷雪，
　　村庄今天仍安然。

丁香多年弓腰屈背，将会
　　让紫色重负悬垂；
蜜蜂不会忘记古老
　　祖先吟唱的曲调。

玫瑰将把泥沼映红，
　　山丘上的紫菀
一身时装永恒不变，
　　装饰结盟的龙胆，

等到夏天折叠她的奇迹，
　　像女人收叠睡衣，
或像牧师调整符号，

待圣餐礼毕。

84

她在一棵树下香憩，
只有我把她记起。
我碰碰她无声的摇床；
她认出了这只脚，
穿上她胭脂红的套装，——
　　　看吧!

（用一株郁金香）

85

泉水里一束光映入，
　　一年之中别的时段
皆无这样一件礼物。

三月刚刚来到这儿，

在孤零零的小山峦，
　　一种色彩四处弥漫，
科学对此无法超越，
　　人的天性已感觉。

它在绿草地上等待；
　　它映现最远的山坡
我们看见的最远树木；
　　它几乎要对我说。

然后，当地平线起步，
　　或正午已来告别，
未经声音的繁文缛节，
　　它离去，我们留下：

一种失落的情境
　　洇染我们内心，
就像交易已经突然

侵吞一次圣餐。

86

一位女士红艳立于山冈，
　　守住她年度的秘密；
一位女士洁白置身田野，
　　在安静的百花香憩！

徐徐微风用它们的扫帚，
　　清扫溪谷，树木，山冈！
请问你们，我美丽的主妇，
　　谁会是你们的期望？

邻居们至此未心存疑虑！
　　树林悄悄会心微笑——
果园，毛茛，各色鸟雀——
　　在这短短一刻光阴！

此时大地静静伫立，

    树林多么淡漠清新，

似乎万物复苏欣欣向荣，

    并未发生奇特事情！

87

亲爱的三月，请进！

我多么高兴！

之前我把你遍寻。

脱下你的帽子——

你定是步履匆匆——

看你气喘吁吁！

亲爱的三月，你一向可好？

那别的呢？

你让自然一切顺利？

哦，三月，跟我一起上楼，

我有很多想告诉你！

我收到你的，还有鸟儿的信；
枫树可不知
你正到来，——我声明
它们的面色曾艳紫！
可是，三月，请原谅——
还有那些小山冈，
你留给我的彩色；
没有一种紫色适合，
你全都随身带上。

谁敲门？那四月！
把门关上！
我不想被求爱！
他在外一年，现登门造访，
我公务正忙。
可你一来，
这些琐事都不值一提，
责备跟褒奖一样美妙，
赞扬与责怪一样稀少。

88

我们喜欢三月，他的紫靴，
　　　他神清气昂；
他为狗和小贩做泥鞋，
　　　让树林变干爽；
赤莲花知道他来啦，
　　　就从地里发新芽。
太阳离得又近又强大，
　　　我们心里热辣辣。
他对一切都是好消息；
　　　要是和那些蓝鸟——
它们在不列颠天空当海盗——
　　　一起消失，该多棒!

89

不知道黎明何时来，
　　　我把门都打开；

它是否像鸟有翅膀，
　　或像岸边巨浪？

90

树有低语发通知，
　　过于纤细风难送；
星星邈远难搜寻，
　　太近无处觅影踪；

草地远远有枯黄，
　　沙拉足音似喧嚷，
自己脚步听不见，
　　衣衫整洁也体面；

矮人匆匆往家赶，
　　走进万家无人见，——
此事倘若我来侃，
　　全然无人信我言。

我多次窥见知更鸟
　　带轮小床披睡袍，
翅膀太大难遮掩，
　　左盖右塞我听见！

可我允诺不多嘴，
　　我岂失信自食言？
你我各自把家回，——
　　你甭担心迷途远。

91

早晨是露水的地盘，
　　五谷中午来做，
午餐后该花儿寻欢，
　　樱桃权作日落。

92

我耳尖听见叶子在商量；
　　灌木像钟声敲响；
我找不到一处私密地方，
　　避开自然的耳目。

若我设法在洞穴藏身，
　　洞壁悄悄告密；
创世似乎是个大裂缝，
　　让我无处遁迹。

93

一枚萼片，花瓣，一根刺，
在一个平常夏日之晨，
一颗露珠一闪，一两只蜂嗡嘤，
一阵微风吹过，
一次跳跃树上闪映，——

再加一朵玫瑰，是我!

94

高天上耳闻一只鸟；
　　他脚踩着树梢，
他认为它们很渺小，
　　他窥测到微风，
正轻飘飘略做斯文，
　　一撩风上栖身，
它们被大自然甩开，
　　塞进一种紊乱。
一个无忧的乐天派，
　　我集其言谈举止，
他既享有天赐之福，
　　又被讥笑讽刺，
没有明显压力重负，
　　我听说，林深处
他是一窝待哺雏鸟

　　可信赖的慈父；
这不幸的狂喜
　　他要悉心治愈，——
对比我们拖延迟滞。
　　我们何其迥异！

95

蜘蛛可是个艺术家，
　　却从未被雇用，
尽管他的卓越才华，
　　在基督教世界，

所有金雀花和布丽吉特[1]
　　纷纷赞不绝口。
被冷落的天才之子，

---

　　[1] 布丽吉特（Bridget），爱尔兰的守护神；一些女修
道院的创建者。

我要执子之手。

96

一口井弥漫何样神秘！
　　水住得那么远，
仿佛另一世界的邻居
　　屈居一个罐子。

青草似乎毫不畏惧；
　　我常常很惊异，
让我发怵之物，他却
　　靠近站，大胆看。

他们也许多少有联系，——
　　薹草生在海边，
没有地基，却未见他
　　有恐惧的证据。

可自然仍是个陌生人；
　　常唠叨她的人，
从未路过她幽居老屋，
　　也未贬她为鬼魂。

怜悯那些不知她的人，
　　有助于谅解
知她者，及知她较少、
　　却愈益接近她者。

97

建一个大草原需要一株三叶草
和一只蜂，——
一株三叶草，和一只蜂
以及白日梦。
光有白日梦也成，
假如鲜有蜂。

98

它像光，——
　　一种无样式轻松，
它像蜂，——
　　　一种无伴奏合唱。

它像树林，
　　私下喜欢微风，
不善言辞，却触动
　　最自傲的树。

它像早晨，——
　　停时最像，——
永恒的钟
　　正午同响。

99

一粒露珠很知足，

还让叶片挺满意，
它觉得，"天地多宽阔！
　　生活却烦琐！"

太阳升起去工作，
　　白昼外出去游玩，
可相面术从未见
　　露珠再出现。

无论被白天劫持，
　　还是被太阳清理，
送往大海，去了哪儿，
　　从古至今无人知。

100

他的喙是一个钻，
　　他的头，帽子带饰边。
他在每棵树实验，——

最终目标是一条虫。

101

沼泽向来神秘莫测，
　　只要不遇见蛇；
我们哀叹还是家好，
　　我们惊慌逃跑，

那种迷人的撒丫子，
　　只有儿童知晓。
蛇是夏天的不厚道，
　　诡计随它而至。

102

假如我能无限飞奔，
　　像一只草地蜂，

想去哪儿就去哪儿，
　　却无人想见我，

整天跟毛茛花调情，
　　想嫁谁就嫁谁，
每个地方小住一阵，
　　大不了就私奔，

没有警察在后面追，
　　假如我这么做，
实在不行跳下悬崖，
　　把你彻底摆脱，——

我说，只要做一只蜂，
　　乘一只空气筏，
从早到晚向乌有航行，
　　远离海岸抛锚，——
多么自由！深陷牢狱的俘虏
　　对此深信不疑。

103

月亮还只是个金下巴，
　　　在一两个夜之前，
现在她把完美的圆脸
　　　朝向下面的世界。

她的额是丰满的金黄；
　　　双颊却像绿宝石；
眼睛与夏天的露珠比，
　　　是我所见最相似。

琥珀色双唇从不分开；
　　　但对朋友必须
给予真诚的微笑，奉献
　　　她银辉的意愿！

那是怎样的一个特权，
　　　成为最远的星星！
因为她径行之路，一定

在你闪烁的门边。

她的便帽即是夜空，
　　宇宙是她的靴子，
她的腰带镶满了星星，
　　她身着蓝布衣裙。

104

蝙蝠暗褐，翅膀皱巴巴，
　　像闲置的用具，
双唇发出的既非歌曲
　　也无人听得见。

他的小伞，离奇地对开，
　　在空中描画着
象形的弧线，不可理喻，——
　　哲学家般得意！

受到何种上苍的派遣，
　　从何样诡秘的居室，
被何等的恶意授权
　　却做事谦卑仁慈。

对他的造物主的精巧，
　　赞扬必不可少；
相信我，他的种种怪诞，
　　皆为积德行善。

105

你见过升空气球，没见过？
　　他们庄严踏登，
仿佛天鹅们丢弃你，
　　因钻石的责任。

他们的水足轻柔脱离，
　　浮上金色海面；
他们鄙视空气，因它太贱，

　　　生命才享名望。

他们的吊带刚离开视线，
　　　便挣扎着吸气，
人群还在下面鼓掌；
　　　他们不会再死一遍。

金主晕厥得天地倒转，
　　　被一棵树绊倒，
撕裂了她高贵的血管，
　　　跌落进大海。

人群发着誓退却，
　　　街道上尘土渐落，
财务室职员看着说，
　　　"那只是个气球。"

106

蟋蟀唧唧，

太阳落山，
工人一个接一个完成
　　他们白天的缝纫。

矮草丛结满露珠，
暮色恍如陌生人
手拿帽子，礼貌而新奇，
　　似乎要走，也像留住。

一种空漠到来，像邻居，——
一个智者无脸无名，
一种安宁，像寰宇围绕屋子，——
　　夜就这样降临。

107

谁的单调住处？
帐篷还是坟墓，
或虫子的穹庐，

或侏儒的门户，

或精灵的地屋？

（与一只茧一起，送给她的小侄子。）

108

一艘琥珀色小帆船

　　在以太之海滑行，

一个紫色水手，狂喜之子，

　　沉没在平和宁静。

109

青铜色的强光

在今夜的北方！

　　形状如此繁复，

自身如此协调，

　　如此遥远无法警报，——

对宇宙，或对我

　　　如此傲慢与冷漠，

它用一种威严色彩

　　　描绘我简朴精神，

迫我以更宽宏姿态，

　　　把我的脊梁挺起，

因为他们的傲慢，

　　　藐视男人和氧气。

我的光彩是动物展；

　　　但它们无竞争的表演

将娱乐人世几百年，

　　　而我呢，早已是

荒草丛里一座孤岛，

　　　无人，唯雏菊知晓。

110

古山如何与落日同滴落，

还有暗褐的丛林！
魔法的太阳如何将金线
　　镶嵌铁杉的叶尖！

古塔楼如何手握猩红花
　　直至其花苞盛开，——
我是否有火烈鸟的唇舌
　　敢把这经过描绘？

此后，火光像巨浪退潮，
　　用徐徐远去的
蓝宝石光泽摇曳青草，
　　如公爵夫人经过！

一小片暮色在村里蠕动，
　　依次把房舍染洇；
奇怪的火炬无人高举，
　　却在场微光荧荧！

在鸟巢和窝穴现已是夜，

树林所在之地，
一个幽暗穹隆瞌睡懵懂，
　　进入孤寂之中！——

这是让圭多[1]困惑的景象，
　　提齐安诺[2]从未提起；
多梅尼科[3]扔掉了铅笔，
　　无力舒展胸臆。

111

蜜蜂的嗡嗡已停息；
　　但一些后续者，

---

[1] 圭多 (Guido Reni, 1575—1642)，意大利画家，以宗教和神秘题材著名。

[2] 提齐安诺 (Tiziano Vicellio, 1485? —1576)，意大利画家，以善用色彩著名。

[3] 多梅尼科 (Domenicho Zampieri, 1581—1641)，意大利画家，巴洛克折中画派的领袖。

预言家的喃喃自语
　　已经即时传来，——

当自然的欢笑停止，
　　年打起低音拍子，——
经书的启示录，它的
　　创世纪是六月。

IV

时间和永恒

Time and Eternity

1

一种尊重人迟早得到，
一个主教莅临的下午。
无人能避开这身紫袍，
无人能回避这顶桂冠。

它确保有马车和脚夫，
有寝宫、仪式和人群；
当我们庄严地行进，
村庄的钟声齐鸣。

多么体面的侍从，多么
殷勤，当我们小憩！
离别时成百的礼帽
多么虔敬地举起！

当简朴的你我出示

平民的家族徽记[1]，
要求死亡享受的等级，
多排场，胜过白貂皮！

2

拖延，直到她停止意识，
拖延，直到她爱的胸口
　　埋进冰雪的马甲。
在急促地呼吸一小时后，
比死亡只晚了一个小时，——
　　喔，拖沓的昨日！

假如她能猜到会是这样；
假如那个快乐的喊叫者
　　翻过了远处的山岗；

---

[1] 一种别在衣袖上的盾形纹章或盾形徽章，表明身
份等级。

假如幸运不至如此拖延，——
谁知这张投降的脸
　　却不可战胜的宁静！

哦，如果去世可能意味
彻底忘记她在王位
继承中的胜利，
而向他们展示寒酸的衣装，
这也阻止不了她成为国王，
　　当然，假若她能加冕！

3

出发去接受审判，
一个非凡的下午；
云层像引座员俯身，
创世者却在注目。

肉体被遗弃，消失，

无躯体开始；
两个世界像观众散场，
灵魂孤独飘荡。

4

在石膏的寝室他们很安全，
椴木的椽子，石头的屋顶，
不受早晨惊扰，不觉中午来临，
复活的平凡之人在安眠。

光嘲笑她阳光城堡的微风；
蜜蜂在闭塞的耳边嗡嗡；
娇媚的鸟雀无知地高唱，——
啊，灵动知性已枯亡！

新月高悬其上，时光已逝；
世代更替，物换星移，
皇冠跌落，总督废黜，

静默如雪盘中的沙粒。

5

风雨过后彩虹绮丽，
早晨迟迟，太阳升起；
云仿佛零落的白象，
低低悬垂天际。

鸟儿叽喳倾巢而出，
大风真的已停息；
啊！双双眼睛毫不在乎
夏日之光正照耀！

死亡幽寂犹如冰霜，
黎明不能打搅；
舒缓的天使之音调
定会把她唤醒。

6

我的茧紧束，颜色取笑我，
我渴望着空气；
双翅在逼仄的空间蜷缩，
令我的衣着寒酸。

蝴蝶的能量必定
来自飞行的天性，
承认草地的尊严，
却轻松扫过蓝天。

对暗示我定会困惑
并将记号解释，
如果我终以为这是
神示，必铸大错。

7

一个内陆人要去航海，

他是如何发疯，——
路过房屋，走过地头，
去往深深的永恒！

水手们能够理解吗？
生于深山的我们，
走出内陆的第一分队，
欣喜何等神圣！

8

用仁慈的眼睛回望时光，
他无疑已尽力；
颤栗的夕阳缓缓沉入
人的天性之西！

9

一队人走进安葬的大门，

一只鸟突然飞来鸣声，
它颤栗哆嗦，发出颤音，
直到教堂钟声齐鸣；

于是它稍稍调整音调，
鞠躬，又发出鸣叫。
它一定想，那个人应当
对人们说再见。

10

我为美而死，都还未能
适应我的墓穴，
这时一位为真理而死者，
葬在我隔壁。

他轻声问我为何逝去？
"为美。"我回答。
"我为真理，——真与美本是一体；

我们是兄弟。"他说。

于是，我们像亲人夜遇，
隔着房间交谈，
直至苔藓蔓延到我们的唇边，
盖住我们的名字。

11

疲足不知蹒跚多少步，
只有被焊住的嘴说出；
试试！可怕的钉子，你能否摇晃？
试试！钢铁的搭扣，你能否提起？

摸摸冰凉额头，却经常发烫，
抓起凌乱头发，如果你还能；
僵硬的手指再也不肯
套上哪怕一只顶针。

蠢笨的蝇在阁楼窗子上嗡嗡；

阳光勇敢地照进斑驳的玻璃；
蛛网无畏地倒挂天棚晃动——
懒惰的主妇，长眠雏菊丛中！

12

我喜欢悲痛的表情，
因我知道那是真；
人装不出痉挛的样子，
也不能模仿垂死。

眼睛瞬息闪亮，即死去。
不可能假装，
朴实的悲痛能串起
额上的水珠。

13

短暂的、内心的骚动，

人皆会有，但仅一次，
忙碌如此动人心弦，
堪称重大事件，

是死亡的华丽展示。
哦，你无名的声望
连乞丐都不会承认，
他有权利鄙视！

14

我前去向她致谢，
可她已长眠；
她的石榻铺着法兰绒，
花束散落额头和脚边，
旅行者所丢。

有人前去向她致谢；
可她已长眠。

渡海去看她，好像她健在，
路途并不远，
回程却漫漫。

15

我看见一双垂死的眼睛
一圈圈环顾屋子，
那样子，像在寻找什么，
阴云越来越浓重；
然后，像雾一样朦胧，
最终牢牢地闭合，
没有泄漏它成了什么，
它见过何是幸福。

16

云背靠背连在一起，

北方开始推移，

森林跳跃直至倾圮，

闪电蹦跳鼠窜；

惊雷像物质的崩塌——

墓里多么平安，

自然的脾气不能抵达，

报复从未得逞！

17

我从未见过沼泽，

也从未见过海洋；

但我知道石楠的长相，

波涛又是什么景象。

我从未跟上帝交谈，

也不曾拜访天堂；

但我确定它在那个地方，

仿佛地图在手上。

18

上帝允许勤劳的天使
在下午游戏。
我遇到一个，——就因为他，
把同学全丢弃。

太阳落山时，上帝突然
召天使们回家；
我想念他。玩过王冠，
玻璃珠多没劲啊！

19

亲切地去探询他如何遭受痛苦；
他是否有人贴近关注，
对此人他可以寄托游移的凝望，
直至凝望固定在天堂。

去知晓他是否耐心，因何满足，

他正思考着死亡，或截然相反；

这是死亡很快乐的一天，

阳光是否正照耀他的路？

他最大的心思是什么，想家，或上帝，

或是远方的消息告知

他已终止了人的天性，

在这样一个日子？

还有心愿，他有何心愿？

仅他粗重的喘息

对我已足够清晰。

他是否充满信心，直至

病痛跃出永恒的源泉？

如果他说话，什么名字最佳，

什么最先，

哪一个突破而出，在最深的

沉睡者身边？

他害怕吗？抑或安详宁静？
他可知
意识如何越发清醒，
直至过去的爱，过于赐福的爱，
相遇——相交在永恒？

20

她活着的最后的夜，
是个寻常夜晚，
除了弥留；对于我们
自然已经改变。

我们觉察微小之事，——
从前视而不见，
照彻内心的强光下，
它们醒目耀显。

别人能持存的一切，
她须立刻终结，
对她涌起一种嫉妒，
如此接近无限。

我们等待着她离去；
那是短暂时间，
我们心灵躁动，想说，
最后迹象显现。

她示意，并且忘记；
然后轻若苇叶
垂向水面，微漾涟漪，
点点头，死了。

我们为她梳理头发，
把她的头摆正；
接着是可怕的悠闲，
信仰得到规整。

21

不在人世间看他的脸，
说来已久，我阅览那里，
据说它就在那里边，
可是生命的启蒙书
在书架未打开，很孤独，
对他和我紧紧闭合。

我的启蒙于我如此贴切，
我只选一本书去了解，
不会更多，更伶俐；
可能别人如此多才多艺，
我仅刚刚入门，
他尽可拥有整个天空。

22

死亡之后的早晨，

屋子里的忙碌
上演人间世俗
最庄严的勤奋，——

心灵被彻底打扫，
爱被高高搁置，
我们不想再用它们，
直到永恒。

23

我思考，人生短暂，
痛苦却是必然。
多少事痛断肝肠；
可那又怎样？

我懂得，人必有一死：
最强的生命力
也不能避免衰亡；

可那又怎样?

我猜想，在天堂
是某种平和安详，
能得到某种补偿;
可那又怎样?

24

害怕了? 我害怕谁了?
不是死神;谁呢?
我父亲宅邸的门房
让我羞愧难当。

害怕生活? 有一事奇怪，
它把我纳入
一个或多个存在，
以上帝的天命。

害怕复活？难道早晨
爱挑剔的额头
不受东方的信任？
即刻责难我的王冠！

25

太阳一直在落山，落向沉寂；
午后的迹象
我觉察不到，在村庄，——
从屋到屋都是中午。

暮色一直在降临，降向沉寂；
草地没有露珠，
但仅在我的前额停驻，
在我脸上游荡。

我的脚一直瞌睡，睡向沉寂，
手指却清醒；

可我的声音如此细嫩，
与我的外表不配。

从前我对这种光多么熟悉！
现在我看不见它。
这就是垂死，我在死去；
我对此并不畏惧。

26

两个泳者在桅杆格斗[1]，
直至旭日升起，
一个微笑着转向陆地。
哦天哪，另一个！

迷航的船路过，瞥见一张脸

---

[1] 喻指雅各与天使格斗的故事，见《圣经·创世纪
32:24 — 30》。

在水中时隐时现，
死去的眼神在乞求拯救，
双手还举着哀求。

27

因我不能为死神停车，
他仁慈地为我停下；
车厢只载有我们两个，
还有不朽。

我们缓行，他知道不必
赶路，我却放下
我的劳作，和我的闲暇，
为他的殷勤。

我们路过学校，孩子们
围成圈，玩角力；
我们经过谷物目送的田地，

经过西沉的落日。

我们暂停在一所屋前，
它像地上的一个隆起；
屋顶刚刚能够分辨，
门楣仅是一个土堆。

自那以来星移斗转；
可都觉比一天还短，
我这才推测马匹的头
原来朝向永恒。

28

她悄悄离去，像露珠
离开一朵熟悉的花。
可她却不似露水，
随季候准时返回！

她轻轻落下，像我的

夏夜一颗陨星；
不像勒威耶[1]那样娴熟，
若相信，即痛彻肺腑！

29

最终要明鉴！
最终，灯盏摆放你身边，
看见生命的余晖！
走过午夜，走过晨星升起！
走过日出！啊！我们的脚与白昼
相距何止千里！

30

除了天堂，她无处可去；

---

[1] 勒威耶 (Urbain Jean Joseph Le Verrier, 1811—1877)，
法国天文学家，用数学方法预言了海王星的位置。

除了天使，她孤苦无依；
除对某些寻芳采蜜的蜂，
一朵花开着无用；

除非成为风，带着土气；
除了蝴蝶欢喜，
否则孤零零像一颗露珠
流落在田亩。

草丛微不足道的主妇，
却把它从草地带出，
有人已经丢尽了脸面，
生存不出门户！

31

死亡仅是一个对话，
在精灵与尘土之间。
"消失吧。"死亡说。精灵说，"先生，

我有另外的责任。"

死亡不信，在地上争吵。
精灵转身离去，
留下一件泥土的外套
作为证据。

32

对于人，已太晚，
可对上帝，还早；
创世也无力相助，
可我们仍在祈祷。

天堂是多么美好，
尘世却不能享有；
于是，我们的老邻居
上帝，多么好客周到！

33 [1]

我幼时，一位女士逝去。
今天她唯一的男孩
从波托马克河升天，
脸上洋溢胜利豪迈，

去看望她；季节轮回
缓慢却坚定不移，
直至子弹切断尖角，
他即刻逝去。

如果自豪应在天堂，
我绝不会选择；
他们帝王般的举止
无人予以证实。

---

[1] 据《艾米莉·狄金森诗歌全集》的编者 T.H. 约
翰逊介绍，这首诗出现于 1862 年，作者可能用这首诗
暗指美国内战。

可是幻象里的自豪，
女士和她的男孩
总在我脑海里萦绕，
好像在天空招摇。

34

雏菊轻手轻脚跟随太阳，
当他完成金色的游荡，
　　　就羞怯地端坐。
太阳醒来，发现花儿在身旁。
"抢劫者，你为何在此流落？"
　　　"因为甜蜜的爱，先生！"

我们是花儿，您是太阳！
如果日头偏西，请原谅，
　　　我们就悄悄靠您更近，——
迷恋远去的西方，
和平，飞行，紫水晶，
　　　和黑夜的种种美妙！

35

没有刑具能肢解我，
我的灵魂自由奔放。
在凡人的脊骨后面
编织一根更加粗壮。

你不能用锯子切割，
也不能用弯刀劈开。
两个躯体合二为一；
捆绑一个，另一个逃离。

想要剥夺鹰的巢，
那绝不会比你
想要攫取天空
更容易，

除非你自己可能
是你的敌人；
囚禁是意识，
自由也是。

36

那天我失去一个世界。
有人找到了吗?
你会认出它,在它前额
系着一排星星。

富人不会注意到它;
可我俭朴的眼光
给它的敬重多于金币。
哦,先生,为我找到它!

37

如果知更鸟到来时
我已不在人世,
请给系红围巾的鸟
一点纪念的面包。

如果我不能感谢你，
因我已长眠，
你要知道我正竭力
张开花岗石的唇！

38

健全的心智相信，
长眠也许就是
闭上眼睛。

长眠就是终点站，
沿着它的两边
站满目送的证人！

有身份的人认为，
早晨就是
白天的开始。

早晨并未到来！
曙光女神还在
永恒的东方；

一个欢快地举起旗帜，
一个身着红色的盛装，——
那就是白天的开始。

39

我该知道为何，当时辰已过，
我已不再惊异其原因；
基督会在天空华丽的课堂
把每个痛苦分别说明。

他将告诉我彼得[1]的允诺，
而我却疑惑他的苦恼，

---

[1] 彼得（Peter），传说中的十二使徒之首。

我应忘记痛苦的点点滴滴，
它在把我灼烧，灼烧。

40

我从未损失，至多两次，
就是在那片草地；
有两次我是乞丐，
在上帝门口行乞！

天使们两次下凡，
给我接济。
窃贼，银行家，父亲，
我再次一贫如洗！

41

放下那栏杆，哦死神！

疲惫的羊群要进来，
它们的咩咩叫已不再，
它们的漫游已完成。

您的夜晚最宁静，
您的羊栏也最安全；
与您如此接近无需寻找，
您如此温和无需通报。

42

去天堂吧！
我不知道何时，
祈祷也不问我如何去，——
说真的，我太惊奇，
根本没想过要答复你！
去天堂吧！
听起来多么暗淡！
然而却是必然，

就像羊群晚上要回栏，
回到牧羊人的怀抱！

可能你也要同往！
谁知道呢？
假如你必须先走一步，
请为我留下一小片地方，
紧靠我失去的那两个！
最小号的"长袍"适合我，
还要一小片"冠冕"；
因为你知道，我们不在乎
回家时的穿着。

我高兴的是，我并不相信，
因为相信让我窒息，
我愿意在这神奇的大地
再多看一点点！
我高兴的是他们真的相信，
从那个了不起的秋日午后，
我把他们留在地下，
他们再未入我眼眸。

43

至少祈祷被保留，被保留。
哦耶稣！我不知道
天上哪一个是您的居室，——
我正到各门敲敲。

您在南方掀起地震，
在海上搅动大漩涡；
您说说，拿撒勒的耶稣基督，
您是否没有怀抱给我？

44

轻轻踏上这块小地方！
最辽阔的大地
也不比这方石头宽广，
绿宝石饰边将它环绕。

高贵地踏上；称呼名字
如炮声般远鸣，
如旗帜飘扬，或远播
她不朽的声音。

45

早晨像我们分别之时；
中午像她升起之时，
先躁动不安，后是坚定
去往她美丽的宁静。

她对此从未口齿不清，
那不是因为我；
她因为狂喜而哑喑，
但我，却为悲悯！

直到傍晚，不断靠近，
有人拉下百叶窗——
快！一种沙沙声尖利！

这只棕雀飞去!

46

死亡乃是对人一生的打击，
有些人，至死，从未活过；
有些人，活过，已经死去，
但死后，生命力刚刚开始。

47

我一遍遍读我的判决书，
用眼睛反复审视它，
看在它最极端的条款下
我有没有留下错误，——

日期，以及羞辱的种类；
然后是虚伪的形式，
灵魂的"上帝慈悲为怀"，

陪审团对此的投票，

我让我的灵魂与她
极端的形式相仿，
在它的最后，不应当
是一种新的悲伤，

可是她与死神熟稔，
悄悄幽会像友人，
无需暗示，致意并通过——
事情就这样了结。

48

我还未告诉我的花园，
否则那会击垮我；
我现在还没有那勇气
向蜜蜂透露消息。

我不会在街头宣告，

因为商店会将我打量，
像我这么腼腆、这么无知，
才会有脸去死。

山坡绝对不应该知道，
我在那里溜达自在，
也不会告诉可爱的森林
我会在哪一天离开，

不会在桌上结结巴巴，
不会一路迷迷糊糊，
在谜语中留下暗示，
有人今天要去散步。

49

他们雪片般落下，星星般陨落，
　　像玫瑰花瓣凋零，
突然之间，风带着利爪

把整个六月扫清。

他们在茂密的草地里失踪，——
　　　没有眼睛能够找到；
但上帝在他无赦的名册
　　　可把每一张脸呼召。

50

我见过的唯一的幽灵，
衣服镶着精致的蕾丝花边；
他脚上没穿着便拖，
迈步就像雪花飘落。
脚步像鸟儿声息全无，
但快得像鹿；
举止古怪，摩西[1]式的，

---

　[1] 摩西 (Moses)，《圣经》中的希伯来先知，带领希伯来人出埃及并制定法典。

或，偶然地，槲寄生式[1]的。

他很少交谈，
他的笑声像微风，
在沉思的林中
涟漪一般消散。
我们的会面转瞬即逝，——
依我看，他害羞；
自从那个骇人的日子，
上帝禁止我回头！

51

有人受不了冬日寒风，
考虑周全的墓便封闭，——
严寒中把他们轻轻塞入，
趁他们的脚还未冰冷。

---

[1] 槲寄生 (mistletoe)，西方圣诞节用作装饰的植物。

在她的巢里的财物，
谨慎的墓从不暴露，
构筑之地男士不敢观看，
连运动家也不够大胆。

这藏身之地让所有孩子
早早长大，并常常冷静，——
麻雀多多，天父未予注视；
羔羊那时候还未成群。

52

我们喜欢坐在死者身边，
变得多么亲切可爱，
我们曾为失去之物扭打，
其余的实际都还在。

我们用残破不堪的数学
估算自己的奖励，

它在我们贫乏的眼睛里，
大得失去了比例。

53

死亡留下一物有深意，
眼睛却匆匆掠过，
除非一个失去的生命
温和柔弱地恳请

我们端详小工艺品，它们
用蜡笔或羊毛制成，
"这是她最后的手工活。"
她辛苦勤奋地劳作，

直至顶针变得太沉重，
针线自动停下，
它被置放橱柜的搁板，
淹没在尘土中。

我有一本朋友赠予的书，
他铅笔的划痕可见，
划出了让他高兴的地方，——
还有手指休息之处。

现在，我阅读，可读不了，
扑扑簌簌的泪水
不时把那些划痕抹掉，
修复的费用昂贵。

54

我去了天堂，——
那是一个小镇，
用一块红宝石照明，
街道用丝绒铺成。
露水覆盖的田野
比不上它的宁静，

美得胜过图画，
无人曾经描绘。
人们喜欢蛾子，
蕾丝的各种花式，
和蜘蛛丝的责任，
还有鸭绒的名称。
假如我能跻身
这样一个
独特的社会，
我几乎已满足。

55

他们在天多高我不关注，
他们的荣光与我无涉；
那像过去，是最大的缺陷；
我看不见，我是有限者。

那精心构思的屋子，

那闪光的边界，
围绕着虚幻的田野，
向我显现不安全。

我的财富已让我满足；
假如它是平均的额度，
那么，我已给它计数，
只要它比巨大的价值

更让我狭小的眼睛喜悦，
无论它显得多么精确；
这一胆怯的证据之生活
总在申辩："我不知道。"

56

这是高贵者的一种耻辱，
面对突降的横财，——
一种更精致的狂喜之耻，

它宣判自己有罪。

一个勇者感到莫大羞辱
是其勇敢被承认，——
还要加一句"你是有福的"；
但这意味着坟墓。

57

胜利可能有多种类型。
有室内的胜利，
当死亡，这位老执政官[1]，
当他失去信仰。

有精妙的心灵的胜利，
当真理，久被欺凌，
平静地走向她的峰顶，

---

[1] 老执政官（old imperator），古罗马的军队统帅。

她的上帝，她唯一的群。

一种胜利，当诱人的厚贿
慢慢地被索回，
一只眼睛仰天宣布脱离，
另一只盯着刑具。

他经历的最庄严胜利，
是被宣告清白，
通过那光秃秃的栏杆，
耶和华的脸面！

58

朴实无华，无人能躲避；
　　这相同的露天典礼
为最低贱的职业举行，
　　与最高贵的同一。
这是多么亲切的神秘！
　　这好客的盖棺布

用"这边走"宽广地招呼，——
　　对所有人是奇迹！

59

我发觉人们消失，
当我还是个孩子，——
我想他们去了远方，
或在荒凉之地定居。

我知道他们既在远方，
也在陌生之地定居，
但他们死了，——一个事实
瞒住了这小孩子！

60

我无缘无故地醒着，
我当然最好去睡觉，

早晨以一种新的礼貌，
却未能把他们叫醒，

可是叫别的都离开，
从他们的窗帘边经过。
美好的早晨，当我睡过头，
你就敲门，让我振作！

我朝日出瞥了一眼，
然后看着他们，
内心涌起满满的愿望，
因周围都一样。

这是如此宽广的平安，
却忍不住一声哀叹，——
连安息日也与钟声分离，
从早到晚都是落日。

左选右选只一件睡袍，
什么也不做只是祷告，

这是我唯一需要的衣饰，
我挣扎过去，它就在那边。

61

假如有谁的朋友去世，
那是最尖锐的话题，
想起他们生前言谈举止，
在这样那样的日子。

他们的衣着，在一个周日，
还有几种发式，——
开个玩笑没人笑，唯他们，
已失落在墓室。

有他们，这样一天多温暖：
你似乎感觉到那一天，
仿佛不远，就在昨天；可现在，
他们离开已百年。

他们对你所说曾多么愉快；
你试着触摸那张笑脸，
你把手指插进冰冷的霜雪：
那是何时，你娓娓道来，

你请伙伴们来饮茶，
熟悉的人，寥寥几个，
亲切闲聊大的话题，
你难道不记得了？

过去的盛情和谦恭，
过去的晤面和誓言，
我们还能评判的往事，——
只会戳中深深的悲痛！

62

我们的旅程已向前行进；
在存在的大道，我们的脚

几乎已来到奇怪的岔道，
用术语说即是永恒。

我们的步伐突然颤栗，
我们的双脚迟滞不前。
前面是都市，而中间，
却是死亡的森林。

退却是希望渺茫，——
背后，是一条封闭之路，
永恒的白旗在前摇晃，
上帝守在各个门口。

63

这张床要做得宽大。
要以敬畏做这张床；
在这张床上等待，
审判将公正完美。

把床垫摆正，
枕头要浑圆；
不让日出的黄色噪声
打扰这方土地。

64

在这个夜，在这个夜，
是否没有人注意
这一个小小的身躯
静静地滑落摇椅，

如此安静，哦，多安谧！
没有人会知道
那一个小小的身躯
向前向后，轻摇？

在这个黄昏，在这个黄昏，
是否有人叹息，

这样一个小小的身躯，
如此深深入睡，

等待香啼[1]把它唤醒，——
或楼下吵闹的客厅，
或果园里叽喳的鸟儿，
或早起要做的工作？

有一个小小的身躯，
小土丘都能容纳，
忙碌的针，抽不尽的线，
还有放学的脚步杂沓。

伙伴，节日，还有干果，
以及眼界的宏大与狭小。
奇怪，如此珍贵的一双脚
却走向如此狭小的目标！

---

[1] 香啼，指报晓的公鸡。

65

精髓的油被挤出：
玫瑰的精油并非
由太阳单独晒制，
它是绞拧的礼物。

平常的玫瑰已枯萎；
在她的抽屉，一朵玫瑰
还在创造夏天，而女士
已在迷迭香丛安睡。

66

我靠恐惧生活：有些激素，
知晓的人
处境危险，其他的刺激
是麻木和乏力。

仿佛它是灵魂的一种迹象，
一种恐惧会催促
它去往某处，没有幽灵相助，
是向绝望的挑战。

67

假如我应面对死亡，
而你应当继续生存，
时间必须汩汩向前，
早晨理应放射光芒，
中午本该灼热如焰，
就像世界一如以往。
假如鸟儿早起筑巢，
蜜蜂还要忙碌喧闹，——
有人可能随意别离，
撇下生计事业而去！
欣慰的是，当我们与雏菊安息，
树干依然挺拔耸立，

商业仍将繁荣昌盛，
贸易依然蓬勃兴旺。
这让离别悄然无声，
让灵魂更平静安详，
绅士们仍生气勃勃，
导演这快乐的景象！

68

这是她最后的夏天，
然而我们并未猜到；
假如柔弱的她辛劳
勤勉，我们还以为，

有更多的生命力量
从她内心源源流淌，——
当死亡让短促耀眼，
却让匆忙变得平常。

我们惊愕我们的盲目，——

竟然丝毫未予关注，
唯有她的卡拉拉[1]路标，——
直视着我们的愚笨，

当这位忙碌的亲爱者安卧，
木然无声，远超于我们，
她如此忙碌，忙于完成，
我们却如此悠然自得！

69

人不必成为一间闹鬼的居室，
人不必成为一座房子；
大脑有很多回廊，
胜过物质的地方。

---

[1] 卡拉拉（Carrara），意大利北部一座城市，以其大理石采石场闻名。

在半夜遇见一个外部的
幽灵，
比在内部面对一个惨白的
主人更安全。

跳跃着穿过一个修道院，
石块在追逐，
也比月黑之夜孤身一人
遇到自己更安全。

我们自身，被隐没在自身背后，
该是最受惊吓；
也比杀手隐匿在我们的房间
更加可怕。

老谋深算者携一把左轮手枪，
他闩住门，
更近地俯瞰一个
不可一世的鬼魂。

70

她死了，——这是她死的方式；
当她的呼吸停止，
拿起她全部简朴的服饰
启程去寻找太阳。
她小小的身形在门口，
天使定已瞥见，
从此我再不能在人世
与她相约会面。

71

等着，直到威严的死神
披上如此卑劣的表情！
连一个涂脂抹粉的男仆
现在也敢将它触碰！

等着，等这永恒的长袍

给这位民主人士披挂，
再唠叨什么："优先权"
和"身份"及其他！

在这个静默的朝臣四周，
谄媚的天使们在等候！
他的随从都忠心耿耿，
他的国家都紫色映衬！

一位领主可能敢于向一具
这样谦和的黏土脱帽，
因为我主，这"万主之主"
毫不脸红地得到！

72

今夜一年过去！
我深深把它回忆！
没有钟声，也不会

有旁观者的喝彩！
兴高采烈，仿佛去往小村庄，
悄然无声，仿佛去休憩酣睡，
步履沉稳，仿佛去小礼拜堂，
这个卑微的旅行者玫瑰。
没有谈论过返回，
间接提到没有时间，
当风都吉祥慈悲，
我们可能会寻找他；
充满感激，因为玫瑰
在生活的花束炫美，
柔声细语谈到那一天
采摘了新的品种。
因此这神奇是消遣，
这神奇之物不断靠拢；
很多手在系泊处忙碌——
人群的敬意不断加重。
从我们的目光仰望
一张张新的面孔！
一个区别，一朵雏菊，
是我所知其余的一切！

73

清晨人们带走了她，
白天把她运载，
被摇幡的诸神接纳，
引导着她离开。

一个小女孩离开了伙伴，
一颗小心灵离开了学校，——
伊甸园里肯定客人不断；
所有的房间已住满。

遥远如地平线上的东方，
暗淡如天边的星光，——
我们已分别的人们啊，
在各王国，朝臣般优雅。

74

这是什么客栈?

这过夜的古怪
旅客从何而来?
谁是房东老板?
女仆又在哪儿?
瞧,多么怪异的客房!
壁炉没有红彤彤的火光,
大酒杯没有满溢得流淌。
问卜亡灵的巫师,房东,
下面的这些是谁?

75

我站立,所以这不是死亡,
所有的死者都是平躺;
这不是夜晚,因为所有的钟
都吐出钟舌,敲打中午。

这不是冰霜,因为我的肌肤
感到热风在吹拂,——
也不是火,因我大理石的双足

能够保持圣坛的冰凉。

可是感觉却恰如它们全部；
我看见的诸多形象
排列有序，准备葬礼，
这使我不由想起自己，

仿佛我的生命已经整修，
适合装进一个架构，
没有一把钥匙即不能呼吸；
时间有些像午夜，

当一切滴答作响的已停，
空间木然呆视，周遭一切，
或可怕冰霜，或初秋早晨，
他们撤掉这搏动的地坪。

可多么像混沌，——无休止寒冷，——
没有一个机会或争论，
甚至也没有大地的报告，
可以把绝望确证。

76

我不应贸然离开我的朋友，
因为——因为如果他要死，
我已离去，我——已太迟——
我必须抵达那需要我的心；

如果我要让那双眼睛失落，
它们如此，如此追寻，想要看，
它们无力坚持着不闭上，直到
它们"看"到我——看到我；

如果我要断绝病人的信念，
它确信我会来——确信我会来，
它听着听着，渐渐入睡，
喃喃念着我迟到的名字，——

我的心会希望它提前破碎，
因破碎之后，因破碎之后，
就毫无用处如明早的太阳，

大地已铺满午夜的冰霜！

77

静寂之大街，条条偏向
中断之邻里；
此处没有告示，没有争议，
没有宇宙，也没有法律。

根据钟表，这是晨，而夜
则由远处的钟声告知；
但纪元在这里没有根基，
因为周期已终止。

78

极度的痛苦显于颜面，
呼吸急迫，

一种离去的癫狂
被称为"死亡"，——

一种死亡的痛苦被指认，
当它不断增强坚韧，
我知道，已得到允许，
重新回到它自身。

79

这些有关苦难的，他们
都示以白色；
闪光的长袍，示意胜利者
是较低等级。

所有这些足以应对；但
最多次获得胜利者
穿着平常如白雪一般，
没有修饰，仅棕榈叶。

在这片高傲的土地上，
投降前所未有；
失败，一种痛苦无法忍受，
铭记着，当我们

疼痛的脚踝赤裸徒步
黑夜吞没的漫长道路；
当我们在屋里站着低语，
我们只是说，"得救了"！

80

我正想着，当我应得宽恕，
我的形体如何升天，
直至头发，眼睛和羞怯的头
进入天堂，脱离视线。

我正想着，我的双唇多么沉重，
祷告零乱、颤抖，

而你，如此之晚，认为我只是
你关怀的小个子。

我在意自己被痛苦地遣送，
我简朴的心胸破碎之前，
有些游离杂念已被驱赶，——
为何不是这样，假如它们如此?

所以，直到神志昏迷之前，
我在审视这件事，——"宽恕，"——
以长久的惊恐和更深的信念，
我抛下我的心，未予宽恕!

81

再过去一个世纪，
无人记得这地方，——
悲痛曾在此上演，
但现在静谧安详。

野草得胜似的蔓延，
陌生人在前辈死者
孤独的墓碑前溜达，
拼读古僻的写法。

夏日田野上的风
回忆着那条路，——
本能拾起那把钥匙，
它被记忆丢失。

82

把这枝月桂放在那上面，
他太应该获此殊荣。
月桂！蒙上你的永生之树吧，——
你惩罚的，就是他！

83

这个世界并无结束；
　　后续不绝绵延，
像音乐一般不可见，
　　却像声音般可闻。
它既召唤也会阻碍；
　　哲学不能实证，
最后，洞察力必须
　　把一个谜看穿。
猜想它，让学者犯难；
　　要得到它，人已然
丢尽了几代的脸面，
　　备尝艰辛磨难。

84

在退隐中我们才明白，
　　一个壹，近来

在我们之中多么巨大。
　　一个灭绝的太阳，

它的亲切感，当他
　　失去时，比过去
所有金色的存在，
　　强烈何止千百！

85

他们说，"时间平复创伤"，——
　　时间从不平复；
真实的痛苦愈加强烈，
　　如年老致衰竭。

时间是苦难的试金石，
　　却不是疗伤剂。
若它能证明，它也证明
　　世上并无疾病。

86

我们盖住你甜美的脸。
　　非因我们厌倦，
是你自己对我们厌烦；
　　记住，当你离去，
我们一直跟随你，至你
　　对我们不再注意，
于是我们迟疑地转身，
　　一遍一遍回望你，
谴责那淡薄的爱，我们
　　诚心向你表示，
亲爱的，我们争论百次，
　　你是否携爱同行。

87

我们庄重肃穆地结束，——
　　但只是个游戏，

或阁楼上的小合唱，
　　　或是一个节日，

或一次离家；或随后
　　　与一个我们
已理解的世界分离，
　　　幸好它并未封闭。

88

要越过他的坟墓看见
　　　他的面容，冲动
支撑着我，像王室专供
　　　少量帝国烈酒。

89

当我被嫁给你时，
　　　哦，你是天国之主！

我是父与子的新娘，
　　是圣灵的新娘！

其余的订婚应全撤，
　　婚姻生活会蜕变；
唯这一封印的持有者
　　才能战胜死亡。

90

这样的人死亡，让我们
　　更安然地去死；
这样的人曾经活过，
　　为不朽作了证。

91

他们不会总皱眉，——某个温馨
　　日子我忘记调情，

他们会回想我显得多冷淡，
　　　我只说了声"请"。

于是他们急忙进门，
　　　去叫那小孩子，
她已不能感谢他们，
　　　冰冻结在她双唇。

92

这是一个体面的想法，
　　　让人举起帽子，
当人日常走在街上，
　　　遇见熟悉的绅士，

因我们有永恒之地，
　　　尽管金字塔倾圮，
众多王国像果园一样
　　　化作黄褐的尘泥。

93

死者们走了有多远，
　　　一时还未显现；
他们的回归似乎要等
　　　无数热切流年。

于是，我们追随他们，
　　　我们何止半信半疑，
每当亲切回想他们，
　　　我们曾亲密无比。

94

知更鸟为何不敢鸣叫？
　　　当男人女人听到，
自从他们去查账，他们
　　　已与这一年结算！——
生命所挣的一切，支付
　　　一张圆满账单，

现生命或死亡所能做
　　　已非物质之事。
对于他，太阳是奇耻
　　　大辱，它的光
致命，欺骗不朽，把他
　　　给黑夜遗赠。
为了对他表示敬仰，
　　　灭绝各种鸣声，
其花园与露珠正较量，
　　　在破晓时得胜！

95

死亡就像虫子
　　　威胁绿树生命，
你能把它杀死，
　　　但也会被诱骗。

用香脂引诱它，
　　　用刀具搜寻它，

抑或，是否耗费你
　　生命全部精力。

那么，假如它钻洞，
　　用技巧够不着，
警告树并离去，——
　　这是害虫的诡计。

96

这是日出，小姑娘，你在
　　白天没有逗留吗？
这样躲，不是你的习惯，——
　　回归你的勤奋吧。

这是中午，我的小姑娘；哦！
　　你还要一直睡吗？
百合花等着要浇水，
　　那蜜蜂，你忘了吗？

这是夜里，我的小姑娘；哦，
　　那个夜应属于你，
不是早晨！假如你把你的
　　小计划透露给我，
假如我不能劝阻你，心肝，
　　我也会帮助你。

97

失去一个，就带走我们一点，
　　新月却仍在变圆，
那就像满月，某个朦胧之夜，
　　应着海潮的召唤。

98

英雄之墓一点也不比
　　平民之墓更高；
儿童与七十老人相比，

一点也不更近。

这时尚的休闲对乞丐
　　和女王完全平等。
要取悦这一民主人士，
　　需夏天优雅举止。

99

远离怜悯如抱怨，
　　对话语冷若石头，
对启示的麻木，仿佛
　　我的营生是骸骨。

远离时间如历史，
　　近若今日你自己，
像儿童对彩虹围巾，
　　或日落的金黄嬉戏，

对墓穴中的眼睑。

　　舞者多么宁静安卧，
此时色彩的启示突现，
　　照耀那些彩蝶！

100

它比水晶兰还要白，
　　比鞋带还要暗；
它无形态，像雾霭，
　　当你靠近那里。

没有嗓音宣示它在此，
　　或暗示它在那儿；
精灵，如何与人搭讪？
　　空气又有何习惯？

此种无限的夸大其词，
　　我们人人皆是；

这是喜剧，倘若（假设）
　　它应不是悲剧！

101

她垂下顺从的娥眉，
　　这块手工的石头
在提醒遗忘的日期
　　和她已走的消息。

对它坚固的信任恒久，
　　碑身永不会知道，
它羞辱了那恒久，它在
　　徽记流失前遁逃。

102

感恩上帝，他走得像士兵，
　　他把枪挎在胸前；

上帝，同意他荣膺全军
　　最勇敢的士兵。

上帝，请准我身着白衣、
　　佩戴肩章目送他，
从此我不惧怕敌人，
　　也不惧怕搏杀。

103

当我们所需可随取，
　　不朽之词过于丰裕，
当它暂离我们而去，
　　它即成为必需。

我们深信上方的天堂，
　　证据坚实有力，
除了它的掳掠之手，
　　它曾是地下天堂。

104

每只鸟勇敢飞往那里，
　　蜜蜂在此羞怯嬉戏，
外来者在叩门之前，
　　必须先把眼泪擦干。

105

坟墓是我的小住所，
　　那里为你留出屋子，
我把客厅布置整齐，
　　还摆上大理石茶具，

简单说，对两个分居者，
　　这或许是个圆圈，
直至在坚固的小世界，
　　永恒的生命团圆。

106

这是在年的白色季，
　　　那是在绿色季，
转换之难，难在想到，
　　　就要看到雏菊。

回头看最好的在身后，
　　　抑或它却在前头，
回顾只是前瞻的一半，
　　　有时甚至是更多。

107

甜蜜的时光已经暗淡；
　　　这是一个巨大空间；
希望曾在其领地驰骋，——
　　　现在却是墓中幽暗。

108

我！来！我的脸被眩迷，
在光如此耀眼之地！

我！听！我陌生的耳朵聆听
欢迎的声音！

圣人们会碰触
我们扭捏的足。

在我的假期里
他们应将我铭记；

我的乐园，人人皆知，
它们宣称我的名字。

109

她离开我们游荡已一年，

未知她羁旅何处；
是否野草湮没她足迹，
　　或在那缥缈之地

眼睛未曾看见过，生活过，
　　我们必定无知。
我们仅知这一年里
　　我们深陷神秘。

110

但愿我知道那女人名字，
　　这样，当她路过，
守住我生命，堵住我耳朵，
　　我害怕听见她

又说"我死了，我很难过"，
　　此时坟墓和我
已啜泣着唯一的摇篮曲，——
　　哄我们自己入睡。

111

失去了一切，我外出，
　　在一座新的悬崖，
没有更多可以失去，——
　　坟墓却先我一步，

为我找到了我的住处，
　　当我寻找床铺，
让我的头长眠的枕头，
　　就是这座坟墓。

我醒了，发现它先醒，
　　我起来，——它跟随；
我想把它扔进人群，
　　把它丢在大海，

假装打几个小盹，
　　把它的形状睡没，——
坟墓挖好了，可那铁锹
　　却在记忆中留存。

112

我感觉脑子里有个葬礼，
    哀悼者往来不绝，
不停地踩啊踩，直到感觉
    似乎已彻底破裂。

等他们都入座停当，
    一个仪式像一面鼓，
不停地敲啊，敲啊，直到
    我的意识变得麻木。

我听到他们抬起一个盒子，
    我的灵魂吱吱嘎嘎，
再次响起铅靴的踩踏。
    空间开始敲响，

仿佛整个天空是一口钟，
    存在仅剩一只耳朵，
我和寂静是奇怪的种类，

在此孤独破碎。

113

我本想在来时找到她；
　　死神有同样打算；
但似乎，成功的是他，
　　于是我狼狈不堪。

我本想告诉她，我如何
　　渴望这单独时辰；
可死神已告知她在先，
　　她倾听了那死神。

那么现在去我的住处；
　　去休息，——休息可能
是一种特权，记忆和我
　　将爆发一场飓风。

114

我唱着歌，利用这等待，
　　但我要系好帽带，
还要把屋子的门关紧，
　　除此，我只在等，

他清晰的脚步声走近，
　　我们结伴去往白天，
相互告诉如何唱着歌，
　　把黑暗挡在外面。

115

当最好的人去世，最招致
　　这世界的一种病态；
一种想入非非的期待
　　占据着未来的憧憬。

为神性，一个世界必须
　　如对待异己，
满足地把他们自身
　　彻底地摒弃。

116

完美死亡之时，
　　太阳即为多余；
他每天是多余，
　　那句话每一日

都在说，他的信仰
　　拯救他免于绝望，
他的"我去看你"犹犹豫豫——
　　如果爱问"在哪里？"

我们的周期有赖于
　　他经久的声誉，

就像无名的陨星
　　落自繁星的天宇。

117

她如此骄傲地死去，
　　让我们大家羞愧，
我们所珍视，却如此
　　不在她意愿之内。

她如此满足地离去，
　　我们无一愿去那里，
极度痛苦几乎立刻
　　屈从于妒忌。

118

用线系住我生命，我的主，

　　我已准备上路！
只看一眼那些马儿——
　　　驾！出发！

把我放在坚固的一侧，
　　　这样我不会坠落；
我们须驶向末日审判，
　　　它有一半在山坡。

可我并不在乎那些桥，
　　　从不在乎大海；
在永恒的飞奔中抓牢
　　　我的机遇和你。

再见，我过惯的生活，
　　　我熟悉的世界；
为我亲吻那山冈，只一次；
　　　我已准备好！

119

死的需求仅少许，亲爱的，——
　　　一杯水足矣，
一朵花谦虚的脸庞，
　　　轻点在墙上，

一个追慕者，或朋友的追悔，
　　　肯定有一个
会领悟，当你离去时，
　　　为何彩虹会无色。

120

在这内室里有某种东西
　　　比睡眠更安静！
它在胸前别一枚针，
　　　不会说出它名称。

有人触摸它，有人亲吻它，

　　搓搓它空闲的手；
它有一种简单的重力，
　　我却不能理喻！

当心灵质朴的邻居
　　谈论"死得过早"，
我们则绕着圈子说，
　　鸟儿都早早逃跑。

121

灵魂应始终站立微开，
　　假如天堂询问，
他不会勉强等待，
　　或羞于麻烦她。

离开吧，趁主人还未
　　把门闩插上，
去寻找博学的贵客——
　　她已无人来访。

122

自从我见她已过三周，——
　　疾病将她折磨；
文字和村庄的歌声让我
　　把目光转向她，

并作为同伴——我们
　　乐于单独交谈；
优雅现在于我无谓，
　　优雅与人无关。

转向教区之夜，两个人
　　都没有异议，
已经分离的人，哪一个
　　与视线隔离？

123

我深呼吸，学习这技巧，

现在，脱离空气，
我把呼吸模仿得很妙，
那就是，要确定

肺部无气，须从狡猾的
细胞中间下降，
并感动哑剧演员本人。
肺感觉多么凉！

124

我怀疑墓穴也许
并非孤单难熬，
当男人和男孩，云雀和六月，
都到田野晒干草！

125

钟声鸣响，我问为何。

　　"一个灵魂去见上帝，"
孤单的语调给我回应；
　　天堂难道如此伤心？

钟应欢悦而鸣，告知
　　一个灵魂升上天堂，
我想，应用正确的方式
　　传播这美好的喜讯。

126

假如我应得的是死亡，
　　我会感到满足；
假如呼吸立刻就停止，
　　它是我所应属，

等他们把它锁进坟墓，
　　那是极乐，我不可估，
等他们把你锁进坟墓，

钥匙仍在我手中。

想想吧，亲爱的！我和你
　　被允许面对面；
我们会说，生活之后，是死，——
　　那是死，这是你。

127

在池塘里结冰之前，
　　滑雪者出发之前，
或脸颊在黄昏
　　被雪冻僵之前，

在田野收割完之前，
　　在圣诞树之前，
惊奇连接着惊奇，
　　纷纷抵达我面前！

在一个夏日我们触摸
　　　何物的折边；
何物刚好正在徒步，
　　　仅一座桥对面；

什么如此吟唱，如此诉说，
　　　此时此处却无人；——
我泪水浸湿的上装
　　　会答应我穿上？

128

我濒死，听到一只蝇嗡嗡；
　　　围绕我形体的寂静，
就像风暴的起伏之间
　　　空气中的安宁。

两边的眼睛已挤干，
　　　呼吸正凝聚，准备
那最后的发作，此时国王

被见证在王位。

我遗赠我的纪念品，
　　签字赠出，属于我、
我能分配的部分，——
　　之后，飞进一只蝇，

以蓝色、模糊、磕绊的嗡嗡，
　　插入光线和我之间；
接着窗户关闭，再接着
　　我已不能看见。

129

漂走了！一只小船漂走了！
　　夜幕正在降临！
难道无人引导一只小船
　　去往最近的港湾？

水手们说，就在昨天，
　　　正当暮色棕黄，
一只小船放弃努力，
　　　汩汩随波飘荡。

可天使们说，就在昨天，
　　　正当曙光红艳，
一只被风浪耗竭的小船，
　　　重整风帆，装饰甲板，
信心满怀，昂首向前！

130

对面屋子有一起死亡，
　　　最晚是在今天。
从空洞的目光里我看出，
　　　在这种屋子是惯常。

邻居们匆忙进出，

医生驾车离去。
窗子打开像豆荚爆裂，
　　既突然，又机械；

有人扔出一块床垫，——
　　儿童急促跑过；
他们怀疑它[1]死在上面，——
　　我儿时常这样。

牧师挺直身子步入，
　　仿佛那是他的屋，
现在他拥有所有哀悼者，
　　还有小男孩；

接着女帽商人，从事
　　吓人交易的商人，
要对屋子进行测量。
　　那里很快要有穗子

---

[1] 作者意指未知死者性别，所以用"它"。

和马车暗淡的游行；
　　它简朴得像个标记，——
告知在一个乡村小镇
　　有一则新闻。

131

我们不知道我们走，——走时，
　　我们开玩笑，关门；
身后的命运插上门闩，
　　我们不再交谈。

132

闪电每天把我击打，
　　它随时簇新，
云好像在那一瞬撕裂，
　　让火光穿行。

它在夜里烧灼我，
　　在我梦中揍我；
它用每日早晨的光线
　　让我的视力衰弱。

我想，那风暴短暂，——
　　疯狂至极，飞掠而过；
但自然把日期遗落，
　　把它留在天空。

133

水被干渴教导；
陆地，被海洋围绕；
喜悦，被痛苦压抑；
和平，被战斗昭告；
爱情，被记忆塑造；
鸟儿，被大雪驱离。

134

起先我们干渴，——这是天性驱使；
　　　后来，当我们去世，
手指对一点水的祈求
　　　也随之而去。

它暗示更大的渴望，
　　　它供给充足，
浩大的水源自西方，
　　　它被称为永生。

135

钟停了——不是壁炉架的钟；
　　　日内瓦遥远的技艺
不能让那玩偶鞠躬，
　　　它刚静静悬停。

一种恐惧侵凌小饰物！
　　数字痛苦地弓起，
然后颤抖着从十进制
　　变成无级别的中午。

医生们泰然自在
　　面对这雪的钟摆；
商人对它强求蛮缠，
　　而冷淡、不屑的无

在镀金的钟盘上点头，
　　在纤细的秒针上确认，
介于钟面生活与他
　　几十载的傲慢自大。

136

全被狡诈的苔藓盖住，
　　全被野草侵入，

"库丽尔·贝尔[1]"的小屋
　　坐落安静的海沃思[2]。

当霜雪过于寒冷彻骨，
　　这只鸟目睹别的鸟
撤离到其他的纬度，
　　自己也悄然撤出。

可是回归却截然不同；
　　约克郡山冈青青，
并非我寻访的所有鸟巢
　　都能见到夜莺。

收集所有漫游的经历，
　　客西马尼园能叙述
经过怎样的悲喜交集，

---

　　[1] 库丽尔·贝尔 (Currer Bell)，英国女作家夏绿蒂·勃
朗特 (Charlotte Brontë，1816—1855) 的笔名。
　　[2] 海沃思 (Haworth)，英国约克郡的一个小镇。

　　她才抵达长春花^[1]！

伊甸园之声轻轻坠落
　　在她困惑的耳朵；
哦，怎样一个天堂的下午，
　　当"勃朗特"进入！

137

一只蟾蜍会死于光！
对蟾蜍和人，死亡
　　是平常的权利，——
对伯爵和蠓虫
却是特权。
　　为何器宇轩昂？
因为小虫子的威望
跟你的一样大呀。

---

[1] 长春花 (Asphodel)，希腊神话中天堂乐园的花。

138

远离了爱，天父引领
　　被选中的儿童；
经常走过荆棘的丛林，
　　而非温和的草地，

经常使用龙的利爪，
　　而非友爱之手，
这指定的小孩被引导
　　去往家乡的土地。

139

漫长的睡眠，著名的睡眠，
　　伸展四肢，眼睑眨动，
也不能让黎明显现，——
　　一个独立的长眠。

曾有这般闲情逸致?
　　在一个石头小屋
自得其乐几个百年,
　　　一次也不仰望正午?

140

就在去年这时,我死了。
　　当我被载过农场,
我分明听见玉米沙沙,——
　　它有穗子垂挂。

我想它多么灿烂金黄,
　　当理查德去磨坊;
我想要从这里逃出,
　　可有东西把我束缚。

我在想象红苹果怎样
　　密匝挤在枝丫,

很多推车在田间来回，
　　俯身采收南瓜。

我想哪一个最让我怀念，
　　当感恩节来临，
父亲是否用加倍的盘子，
　　每个盘里装一样多。

假如我的袜子挂得太高，
　　它会让圣诞快乐扫兴，
有哪一个圣诞老人
　　够得着我那么高？

想到这儿我很伤心，所以我想，
　　某个完美年份，
也在这时，他们自己来找我，
　　那又会怎么样？

141

在这神奇的海上，
　　静悄悄远航，
嗬！领航员，嗬！
　　你知道哪个海岸
没有激浪咆哮，
　　风暴已停消？

在安静的西方，
很多船帆靠港，
　　它们的锚牢靠；
我领航你往那里，——
陆地，嗬！永恒！
　　终于靠岸！

图书在版编目（CIP）数据

我的灵魂自由奔放：狄金森诗选／（美）艾米莉·狄金森著；王佐良译.
-- 北京：中国青年出版社，2024.1
ISBN 978-7-5153-7196-2

Ⅰ．①我… Ⅱ．①艾… ②王… Ⅲ．①诗集－美国－近代 Ⅳ．① I712.24

中国国家版本馆 CIP 数据核字（2024）第 035241 号

我的灵魂自由奔放：狄金森诗选

作　　者：［美］艾米莉·狄金森
译　　者：王佐良
责任编辑：孙梦云
书籍设计：孙初　申祺
出版发行：中国青年出版社
社　　址：北京市东城区东四十二条 21 号
网　　址：www.cyp.com.cn
编辑中心：010-57350394
营销中心：010-57350370
经　　销：新华书店
印　　刷：北京科信印刷有限公司
规　　格：787mm×1092mm　1/32
印　　张：13.25
字　　数：169 千字
版　　次：2024 年 1 月北京第 1 版
印　　次：2024 年 1 月北京第 1 次印刷
定　　价：68.00 元

本图书如有印装质量问题，请凭购书发票与质检部联系调换
联系电话：010 - 57350337